박선우 장편 소설

FUSION FANTASTIC STORY

PERFECT GAME

퍼펙트 게임 2

퍼펙트게임 2

박선우 장편 소설

초판 1쇄 찍은 날 § 2015년 4월 30일
초판 1쇄 펴낸 날 § 2015년 5월 7일

지은이 § 박선우
펴낸이 § 서경석

편집책임 § 이창진

펴낸곳 § 도서출판 청어람
등록번호 § 제387-1999-000006호
등록일자 § 1999. 5. 31
어람번호 § 제1-2116호

주소 § 경기도 부천시 원미구 부일로 483번길 40 서경B/D 3F (우) 420-822
전화 § 032-656-4452 팩스 § 032-656-4453
http://www.chungeoram.com
E-mail § chungeorambook@daum.net

ISBN 979-11-04-90220-8 04810
ISBN 979-11-04-90218-5 (세트)

박선우 장편 소설

FUSION FANTASTIC STORY

PERFECT GAME

퍼펙트 게임 2

CONTENTS

제1장
재생

허창복은 강찬이 로진백을 집어 들고 한참을 만지작거리자 타임을 부르고 마운드로 뛰어왔다.

강찬이 평상시와 다른 행동을 하고 있었기 때문에 허창복은 마스크를 벗은 채 미트까지 풀고 강찬의 얼굴을 살폈다.

"강찬아, 왜 그래?"

"아무것도 아냐."

"무슨 땀을 그렇게 흘려? 어디 아파?"

"갑자기 아프긴 어디가 아프겠어. 시합하다 말고 별소릴 다 하네."

"그런데 왜 안 던져? 심판이 신경질 내잖아."

"어깨가 갑자기 찌릿해져서 그랬다. 지금은 괜찮아."

"정말이지?"

"그래."

"다행이다. 승부구는 지금까지 해왔던 것처럼 직구로 할 생각인데 네 생각은 어때?"

"너도 알겠지만 피로가 누적되었는지 직구 스피드가 눈에 띄게 떨어지고 있어. 그러니까 직구로 볼카운트를 끌고 가서 변화구로 결정짓자. 저놈은 아마 직구를 노릴 것 같다."

"나도 계속 직구로 승부하기가 찝찝하긴 했다. 네 생각이 그렇다면 그렇게 하자."

허창복은 강찬의 제의를 흔쾌히 받아들였다.

포수를 보고 야구인들은 안방마님이라고 부른다.

그 의미는 모든 살림살이를 포수가 하기 때문인데 특히 투수의 일거수일투족은 포수의 손끝에 모든 것이 결정된다.

구위가 떨어졌다는 강찬의 말은 사실이었다.

7회 들어 직구의 스피드와 힘이 급격히 떨어져 선린정보고 타자들이 서둘러 공격하지 않았다면 낭패를 볼 뻔했다.

그랬기에 허창복은 강찬의 제의를 받아들이고 포수 자리로 되돌아갔다.

직구의 힘이 떨어진 이상 변화구로 승부하는 것이 타당하다고 생각했기 때문이었다.

최성일은 빠르게 스트라이크를 잡아가는 강찬의 공을 그저 바라만 보았다.

초구는 아꼈던 힘을 전력으로 짜내 패스트볼로 스트라이크를 잡아냈고 2구는 체인지업으로 몸 쪽에 바짝 붙는 스트라이크를 던졌다.

하지만 최성일은 무심하게 가라앉은 눈으로 타석에서 벗어나 강하게 빈 스윙을 한 후 천천히 다시 타석에 섰다.

노 볼 2스트라이크.

이제 공 하나면 자칫 삼진을 당할 위기였지만 최성일은 타석에 선 채 배트를 하늘로 치켜세운 채 강찬을 바라봤다.

맹수가 사냥을 위해 초원으로 나갈 때의 시선이 강찬을 향해 서늘하게 다가왔다.

강찬은 공의 실밥에 손가락을 걸치며 자신을 바라보는 최성일의 눈을 바라보았다.

지고 싶어 하지 않는 눈.

아마, 최성일의 눈은 거울로 본다면 자신의 눈과 똑같을지 모른다.

와인드업을 거쳐 부드러운 백스윙과 체중 이동으로 공을 뿌렸다.

처음 마음먹은 대로 결정구는 가운데서 급격히 꺾이는 커브였다.

타자의 무릎 앞에서 떨어졌기 때문에 최성일이 예상대로 직구를 노리고 있었다면 꼼짝없이 당할 수밖에 없는 공이었다.

하지만 최성일의 배트는 기다렸다는 듯 정확한 타이밍에 무섭게 돌아갔다.

타앙!

투구를 한 후 결과를 확인하던 강찬은 배트에 강타당해서 총알같이 머리 쪽으로 날아오는 볼을 피하기 위해 급히 일어섰던 허리를 숙였다.

정면으로 날아온 공은 어디로도 피하지 못할 만큼 무서운 속도로 다가왔기 때문에 그저 본능적으로 고개만 틀어 머리를 보호할 수밖에 없었다.

그러나 머리는 피했지만 몸이 튕겨져 나갔다.

무쇠 망치가 어깨를 내려찍는 것처럼 부서지는 소리가 들리며 끔찍한 고통이 어깨에서 쏟아져 나왔다.

차라리 머리를 맞아야 했다.

그랬다면… 그랬다면……. 이렇게 끔찍한 고통 속에서 벌레처럼 마운드를 기어 다니지는 않았을 것이다.

열광적인 함성에 뒤덮였던 경기장이 일순간 바늘이 떨어져도 들릴 것 같은 침묵에 잠겼다.

최성일의 타구가 총알처럼 날아가 강찬을 직격해서 쓰러뜨리자 사람들은 한꺼번에 자리를 박차고 일어서서 눈을 부릅떴다.

그러고는 곧 안타까움과 연민에 찬 탄식을 흘려냈다.

공에 맞은 강찬이 어깨를 부여잡은 채 데굴데굴 구르고 있는 것이 보였기 때문이었다.

"저… 저거, 봤냐?"

"응."

"분명 어깨였지?"

"머리처럼 보였지만 분명 어깨였다. 부딪치는 소리가 여기까지 들린 거 보면 뼈가 나간 것 같아."

황인호가 자리에 앉지 못하고 사람들에 둘러싸여 있는 강찬을 바라보며 한숨을 지었다.

워낙 많은 부상을 봐왔기 때문에 당한 상황과 강찬의 모습만 보고도 작은 부상이 아니란 걸 금방 알 수 있었다.

평균 무게 145g의 야구공은 빠르게 날아가면 근육 파열은 물론 뼈까지 부러뜨릴 수 있을 정도로 단단했다.

불의의 사고로 선수생명을 끝낸 야구 선수들은 손으로 헤아릴 수 없을 만큼 많은데 쓰러진 강찬을 보자 황인호의 머릿

속에는 그런 불안감이 엄습했다.

연전연투를 하면서 혹사당한 어깨의 근육은 경직될 대로 경직되어 있었을 게 뻔했다.

매처럼 날카로운 황인호의 눈은 6회부터 서서히 떨어지는 강찬의 구속을 보면서 우려 섞인 눈길을 던지고 있었다.

그러면서도 혹시나 하는 마음에 강찬을 응원했다.

대기록을 직접 눈으로 볼 수 있을지 모른다는 희망이 강찬의 상태를 낙관적으로 보게 했는지 모른다.

하지만 강찬의 구위는 7회 들어 급격히 떨어지더니 기어코 강습 타구를 몸에 맞고 말았다.

옆에 있던 김혁이 자리를 박차고 스탠드를 떠난 것은 그의 말이 끝나자마자였다.

만류할 수 없었다.

천생 기자인 그는 순식간에 발생한 불의의 사고에서 특종의 냄새를 맡은 게 분명했다.

그라운드를 향해 돌진해 나가는 그의 모습은 전쟁터에 나서는 군인처럼 보일 지경이었다.

공을 맞고 쓰러지는 오빠의 모습이 마치 꿈결처럼 느껴져 은서는 한동안 꼼짝할 수 없었다.

그러면서 입을 가린 채 마운드에서 꿈틀거리는 오빠의 모습을 봤다.

얼마나 아프면 저렇게 괴로워할까……. 얼마나 고통스러우면 그렇게 강했던 오빠가 저리 울고 있을까.

사람들이 쓰러진 오빠를 향해 달려가는 것이 보였다.

미친 듯 고함지르는 사람들이 있었고 오빠를 끌어안은 채 몸부림치는 사람도 있었다.

옆에서 테레사 수녀님이 비명을 질렀고 열광에 젖어 있던 관중들은 안타까운 한숨을 흘려냈다.

그러나 나는 아무것도 할 수 없었고… 심지어 움직일 수조차 없었다.

오빠가 쓰러졌는데 내가 쓰러진 것처럼 무력했고 오빠의 고통이 마치 내가 겪은 것처럼 극렬한 고통을 가져왔기 때문이었다.

세브란스병원으로 실려 간 강찬은 오후 내내 진료와 검사를 받았다.

고통은 멈추지 않았고 몸은 움직이기 힘들었다.

그럼에도 처음처럼 신음을 지르지는 않았다.

시합을 끝내고 찾아온 최 감독과 동료들을 향해 억지로 웃음을 지으며 걱정하지 말라는 안심을 시키기도 했다.

하지만 저녁 무렵 찾아온 절망은 그를 더 이상 버티지 못하게 만들었다.

심각한 표정으로 부상에 대해서 설명하는 의사의 하얀 가운이 꼭 저승사자가 입은 검은 옷처럼 보였다.

견봉쇄골인대 파열, 오구쇄골인대 파열, 회전근개 파열이 겹쳐 수술이 필요하다는 이야기를 그는 감정 없는 목소리로 설명하며 더 이상 야구를 할 수 없을 것이란 말을 무뚝뚝하게 전했다.

그나마 정상적으로 살려면 최대한 빠른 시간 내에 수술이 필요하다며 이렇게까지 어깨를 혹사한 강찬을 질타했다.

공에 맞아서 찾아온 인대 파열도 있었지만 계속해서 무리한 투구를 해온 어깨는 사고가 아니더라도 이미 상당 부분 파열이 진행되고 있었다는 말이었다.

밤에 찾아왔던 끔찍한 고통이 회전근에 손상이 있었기 때문이라는 걸 의사의 설명을 듣고서야 알게 되었다.

그러나 그런 말은 강찬에게 아무런 감정도 갖지 못하게 만들고 있었다.

강찬은 최대한 빠른 시간 내에 수술이 필요하다는 의사의 말을 듣고도 그저 멍하니 병실에 걸려 있는 시계를 바라보았다.

야구를 하지 못한다면 사는 게 무슨 의미가 있을까.

살아도 사는 게 아니라면 숨을 쉬고 산다는 것이 오히려 고통일 것이다.

강찬의 수술은 테레사 수녀님과 최 감독의 주장으로 다음날 이루어졌다.

무려 반나절이 꼬박 걸린 대수술이었다.

꽤 많은 수술 비용의 대부분은 최 감독이 냈는데 그는 수술을 마치고 돌아온 강찬을 향해 미안함을 숨기지 못했다.

자신의 욕심으로 인해 어깨를 혹사당한 제자에 대한 미안함.

미처 피어나지도 못한 채 사라져야 할 강찬의 운명이 마치 자신으로 인해서인 것처럼 그는 고개를 떨어뜨린 채 그렇게 말없이 서 있다가 돌아가곤 했다.

그런 최 감독을 향해 강찬은 언제나 고개를 숙여 인사를 했다.

그런 후 그의 모습이 보이지 않게 되면 눈물을 흘렸다.

"감독님의 잘못이 아닙니다. 내가 원해서 던졌을 뿐입니다. 공을 던지게 해주셔서 정말 고마웠습니다. 언젠가 때가 되면 반드시 이 은혜 꼭 갚겠습니다."

*　*　*

강찬이 소망원에서 사라진 것은 병원에서 퇴원하고 여섯 달이 지난 후였다.

봄의 햇살을 맞으며 꽃이 피던 3월의 어느 날 그는 거짓말처럼 사라지고 말았다.

퍼펙트게임을 눈앞에 두고 쓰러진 비운의 천재에 관한 기사들은 오래전에 자취를 감췄고 고교야구를 평정하며 우승기를 휘날렸던 친구들은 프로와 대학으로 뿔뿔이 흩어져 더 이상 아무도 그를 찾지 않을 때였다.

강찬은 사라지면서 아무에게도 그의 소식을 남기지 않았다.

그렇게 그는 사랑하는 사람들에게 아픈 기억을 남긴 채 세상과의 인연을 완벽하게 끊어버렸다.

아무런 말도 남길 수 없었다.

3년이란 세월을 오직 야구만 바라보며 살아온 삶이었다.

인생의 모든 것을 걸었던 야구는 가슴 아픈 기억을 달래줄 수 있는 마지막 희망이었다.

하지만 그의 인생을 괴롭힌 불행의 끈은 여전히 악마의 숨결처럼 끈질기게 따라붙어 모든 것을 빼앗아 가버렸다.

철저하게 망가진 어깨는 간신히 들어 올려질 정도로밖에 움직여지지 않았다.

처음에는 이를 악물고 다시 시작하겠다며 의지를 불태우기도 했다.

은서의 격려와 테레사 수녀님의 기도는 아픈 어깨를 이끌고 재기를 위해 몸부림치도록 만들었다.

하지만 망가진 어깨는 그의 의지와 상관없이 무기력하기만 했다.

울었다.

밤하늘의 별을 보며 울었고 뜨겁게 내리쬐는 태양 속에서 죽은 듯 쓰러져 울어야 했다.

어떻게 해야 된단 말인가.

겨우 찾았던 희망은 물거품으로 끝났고 남아 있는 것은 오직 한 치 앞도 보이지 않는 절망뿐이었다.

그래서는 안 되었지만 소망원을 나온 것은 죽음을 염두에 두었기 때문이었다.

벌레가 되어 누군가에게 기대며 인생을 살 수는 없었고 좋아하는 것을 잃어버린 채 하루하루를 살아갈 용기가 없었다.

가방 하나만 달랑 메고 버스를 탄 것은 아침 10시였다.

시외버스는 그의 마음처럼 수시로 사람들을 태우고 내리며 느리게 목적지로 향했다.

창가로 보이는 모든 것이 잿빛이다.

나무도, 풀도, 꽃도 모두 생기를 잃었고 푸르름 대신 회색빛으로 변해 있었다.

시간의 흐름도 잊었고 배고픔도 잊었다.

그렇게 강찬은 머릿속을 텅 비운 채 속리산을 올랐다.

죽기 좋은 명당이란 어디일까.

고통이 없는 죽음, 그리고 나의 죽음을 다른 사람이 보지 않는 곳.

그런 측면에서 강찬이 고민 끝에 택한 곳은 바로 속리산이었다.

하늘을 날아 꿈속에서조차 그리워했던 어머니의 품속으로 돌아가고 싶었다.

오송폭포를 지나 문장대에 오른 강찬은 등산로에서 빠져나와 숲 속으로 들어갔다.

숲을 헤치고 계속 걷자 강찬이 원하던 절벽이 나타났다.

태양은 어느새 뉘엿뉘엿 지며 서쪽 하늘에 붉은 노을을 그려놓고 있었다.

까마득한 절벽.

떨어지면 영혼이 분리되고 남을 만큼 오랫동안 비행할 수 있을 정도로 높은 절벽이다.

강찬은 등에 매달았던 배낭을 내려놓고 바위에 걸터앉아 먼 하늘을 바라보았다.

그러자 보고 싶은 얼굴들이 나타났다.

피 한 방울 섞이지 않은 자신을 위해 언제나 희생해 준 테레사 수녀님, 그리고 영혼마저 정화시켜 바르게 살도록 도와준 은서와 소망원의 동생들.

짧은 시간이었으나 세상에 태어난 것이 얼마나 행복한 것인지를 알게 해준 최 감독님과 친구들의 얼굴이 하나씩 차례대로 떠올랐다가 사라져 갔다.

그리운 얼굴들이 하나씩 사라질 때마다 강찬의 눈에서 눈물이 흘러나왔다.

미안해요. 그리고 고마웠어요.

신발을 벗고, 은서가 고등학교 입학 선물로 준 시계를 풀었다.

벌벌 떨리는 몸과 달리 마음은 차분하게 가라앉기 시작했다.

눈물도 멈추었고 끝없이 괴롭히던 미련도 사라졌다.

천천히 움직여 절벽으로 걸어가 눈을 감았다.

죽기를 원했지만 눈을 뜬 채 뛰어내리는 건 하고 싶지 않았다.

대신 하늘을 날게 되면 눈을 뜨고 마지막 자유를 원 없이 느낄 생각이었다.

이 세상에서 가장 사랑했던 너와 함께…….

"뛰어내리려고?"

사람의 목숨이 참으로 모질다.

눈을 감고 뛰어내리려던 강찬의 움직임은 작은 목소리 하나로 간단히 멈춰지고 말았다.

눈을 뜨고 목소리의 주인을 확인한 강찬의 얼굴이 잔뜩 일그러졌다.

작고 볼품없는 얼굴, 그리고 왜소한 몸뚱이.

머리는 삭발이었고 승복을 입은 것을 보니 스님으로 보였고 뒤에 멘 등짐에는 약초로 보이는 것들이 담겨 있었다.

나이를 측정할 수 없을 만큼 주름살이 진 그의 얼굴에 담긴 것은 웃음이었다.

죽을 거냐고 물으면서 웃음을 짓고 있는다는 건 그에게 죽음이 대수롭지 않다는 걸 의미하는 것이었다.

강찬이 스님의 물음에 대답을 하지 않고 그저 서 있기만 한 것은 그가 빨리 자리를 떠나주길 바라서였다.

그러나 스님은 자리를 벗어나지 않고 오히려 강찬을 향해 다가왔다.

"젊은 놈이 왜 죽으려고 하느냐?"

대답하지 않았다.

말하고 싶지 않았고 말해봤자 아픈 기억만 떠오를 뿐이다.

스님의 입이 다시 열린 것은 강찬이 눈을 들어 먼 하늘을 바라볼 때였다.

노을은 이제 절정을 이루며 마치 하늘이 불타는 것처럼 보이게 만들고 있었다.

"꼴을 보니 밥도 먹지 못한 모양이구나. 어차피 죽을 몸뚱이지만 배고프게 만들어서 보내면 안 된다. 기어코 죽겠다면 말리지 않을 테니 같이 가서 밥이나 먹자."

무슨 생각으로 스님을 따라갔는지 모를 일이었다.

그때 왜 하필 배고프다는 생각이 떠올랐을까.

한번 떠오른 생각은 꼬리를 물고 일어났는데 하루 종일 굶은 육체는 기다렸다는 듯 밥 달라고 아우성을 치기 시작했다.

생각해 보니 스님의 말이 일리가 있었다.

어차피 죽을 것 실컷 배부르게 먹고 죽는 것도 나쁘지는 않을 것 같았다.

그랬기에 스님이 사는 것으로 보이는 암자에서 나물 반찬을 곁들어 세상에서 가장 맛있는 저녁을 먹었다.

울음이 다시 터진 것은 숟가락을 내려놓을 때였다.

한심했고 원통했다.

이제 스무 살에 불과했는데 세상을 등진다고 생각하니 억울한 마음이 들었다.

그 와중에도 부끄러웠던 모양이다.

노인이 볼까 봐 무릎에 고개를 파묻고 울었으니 말이다.

오른쪽 어깨에 손이 올라온 것은 원 없이 울고 난 후 숨을 가다듬기 시작할 때였다.

상처 입은 어깨는 육 개월이 지난 지금까지도 힘을 줄 수 없어 자연스럽게 늘어졌는데 충격을 받아도 통증을 느끼지 못했다.

깜짝 놀라 고개를 들었지만 노인은 어깨에 올려놓았던 손을 거두지 않았다.

침중하게 변한 얼굴.

노인은 강찬의 어깨를 여기저기 눌러가며 만지기 시작했는데 얼굴이 점점 일그러져 가고 있었다.

"운동을 했구나. 야구를 했느냐?"

"…그렇습니다."

노인을 만난 후 처음으로 입을 열었다.

어깨를 만지자마자 귀신처럼 알아챘기 때문에 본능적으로 흘러나온 대답이었다.

강찬의 대답은 손을 떼고 물러난 노인의 얼굴을 아예 우그러뜨렸다.

"어깨가 완전히 고장 났으니 더 이상 공을 던질 수 없었겠지. 그렇다고 젊은 놈이 죽으려 했다니 정말 한심하기 짝이 없는 일이다."

"저에게는 야구가… 생명이었습니다."

"야구가 네 목숨이었단 말이지?"

"세상에 태어난 것을 기쁘게 해준 유일한 친구가 야구였습니다. 그런 야구를 할 수 없게 되었으니 살아도 사는 것이 아닙니다."

"좋다, 그럼 다시 던질 수 있으면 살 테냐?"

혜원 스님은 자신이 고려 때부터 비전으로 내려온 활명술의 전인이라고 했다.

활명술은 침 하나로 모든 병을 낫게 만들 수 있는 천고의 기예라며 일 년만 치료하면 정상으로 되돌아갈 수 있다고 말했다.

믿지 않았다. 아니, 믿을 수가 없었다.

의사는 어깨를 구성하는 회전근육들이 전부 망가져서 팔을 들어 올리기 힘들 것이라 했고 실제로 움직이기조차 힘든 상태였다.

그런데 일 년 만에 정상으로 고칠 수 있다니 어떻게 믿을 수 있겠는가.

문제는 그런 말도 안 되는 설명을 듣고 불쑥 희망이 생겼다는 것이었다.

한번 생긴 희망은 수그러들지 않았고 점점 커져만 갔다.

그랬기에 속는 셈 치고 혜원 스님과 같이 살면서 시술을 받기 시작했다.

침술과 뜸은 하루에 두 번씩 이루어졌다.

침은 뼈까지 파고들 만큼 깊이 찔러졌고 뜸은 살이 타들어 갈 만큼 강렬했다.

그럼에도 어깨는 아프지 않았다.

신경이 죽었고 근육이 망가졌으니 통증이 생길 리 없었다.

그러나 변화가 시작된 것은 치료를 시작한 지 삼 개월이 지나면서부터였다.

그때부터 이를 악물고 견뎌야 하는 고통이 시작되었다.

고통은 점차 커졌고 혜원 스님이 약속한 일 년이 다가왔을 때는 수시로 기절까지 해야 했다.

어깨를 정상인처럼 다시 들어 올리기 시작한 것은 통증이 시작되고 한참이 지난 후였다.

그때부터 강찬은 자진해서 밥을 짓고 청소를 했으며 빨래를 했다.

은혜를 입으면 갚는 게 도리였으나 강찬이 할 수 있는 것은 고작 그런 일밖에 없었다.

일 년이 지나고 강찬이 완전하게 팔을 들어 올릴 수 있게 되었을 때 혜원 스님은 강찬을 앞에 놓고 예상치 못했던 의외의 말을 꺼냈다.

"활명술은 여타의 침술과 다르게 근육을 강화시켜 범인의 경지를 뛰어넘게 만드는 비술 중의 비술이다. 지금까지의 시술은 근육을 복원시키는 데 주력한 것으로 이제 너는 정상인과 다름없는 생활을 할 수 있게 되었다. 그러나 끊어진 혈들이 완전하게 이어지지 않았고 근육도 제자리를 잡지 못했기 때문에 다치기 전으로의 완전한 회복은 시간이 필요하다. 다시 말해서 네가 다시 야구를 한다면 이전과 같은 속도로 던질 수 없다는 뜻이다."

"그럼… 저는 앞으로 야구를 할 수 없습니까?"

"아니다, 너는 야구를 할 수 있다. 그냥 할 수 있는 것이 아니라 예전보다 훨씬 강한 공을 던질 수 있다. 그러나 그렇게 하기 위해서는 별도의 강화술을 다시 받아야 한다."

"얼마나 말입니까?"

"최소한 일 년 이상이다. 그리고 그 고통은 지금까지 받았던 것보다 훨씬 심하다. 해볼 테냐?"

"하겠습니다. 어차피 죽으려고까지 했는데 뭘 못하겠습니까. 스님, 제 어깨를… 제 생명을 다시 살려주세요. 부탁드립니다."

혜원 스님의 근육 강화술은 아침 9시와 저녁 10시에 한 시간씩 시술되었다.

끔찍한 고통.

근육을 재생하기 위해 겪었던 고통은 강화술에 비하면 장난에 불과할 정도로 엄청난 고통이었다.

시술을 받고 나면 온몸이 땀으로 범벅되었고 고통으로 탈진되어 한동안 일어나지 못할 지경이었다.

그러나 사람의 몸뚱이는 불가사의했다.

그렇게 또다시 석 달이 지나가자 고통에 면역되기 시작하더니 다시 석 달이 지나자 시술이 끝나도 버젓이 정신을 차리고 자리에서 일어났다.

혜원 스님이 야구공과 글러브를 가지고 온 것도 그 시기였다.

어느 날 문득 안 보여서 걱정이 되었던 혜원 스님은 저녁무렵 암자로 돌아와 강찬의 앞에 공과 글러브를 내밀며 푸근한 웃음을 지었다.

"네 어깨는 이제 공을 던져도 괜찮다. 근육 강화술을 받는 와중이고 시간이 지나야 완벽해진 근육이 제 역할을 하게 되겠지만 지금도 공을 던지는 데는 무리가 없다. 그러니 하루 종일 멍하게 있지 말고 공이라도 던져 보거라."

분명 혜원 스님은 미친놈처럼 속리산 곳곳을 뛰어다니는 강찬의 행동을 알고 있었을 것이다.

어깨가 점점 좋아져 생활하는 데 전혀 불편함을 느끼지 않게 되자 그는 버릇을 고치지 못하고 예전처럼 웨이트트레이닝을 시작했다.

특별한 목적이 있어서가 아니라 할 일이 없었기 때문에 습관적으로 한 행동이었다.

그리고 시간이 남으면 사랑했던 사람들을 생각하며 시간을 보냈다.

많은 시간을 하릴없이.

스님은 아마도 그 모습이 보기 싫었던 모양이었다.

커다랗게 솟아난 암벽에 천을 설치하고 동그라미를 그려 넣었다.

바위에 공이 직접 맞으면 얼마 버티지 못할 테니 천을 바위와 이격시켜 설치하느라 땀을 뻘뻘 흘려야 했다.

몇 시간에 걸친 작업이 완성되자 제법 그럴듯한 연습장이 마련되었다.

그날 이후로 공을 던지기 시작했다.

어깨를 고쳤다고는 하나 스님의 말씀처럼 어깨는 제대로 작동하지 않았다.

공을 던지면 아픈 건 아니었지만 제대로 힘을 실을 수가 없었다.

비실거리며 날아가는 공.

예전에 비하면 말도 안 될 정도의 속도였기 때문에 타깃까지 날아가는 데 한참이 걸렸다.

아마 스피드건으로 측정했다면 100km/h도 나오지 않을 구속이었다.

그럼에도 강찬은 너무 좋아 혼자서 미친놈처럼 춤을 추었다.

공을 던질 수 있게 되었으니 그것만으로도 행복했다.

이제 시작일 뿐.

자신의 인생은 언제나 그랬듯이 처음보다 내일이 더 좋아질 것이고 시간이 지나면 지날수록 점점 나아질 테니 말이다.

* * *

강찬의 하루는 고정된 것이나 마찬가지였다.

새벽에 일찍 일어나 강화술이 시작되는 9시까지 미친 듯 온 산을 뛰어다녔다.

혼자서 개발한 웨이트트레이닝법이었다.

가파른 산길을 따라 뛰다가 걸었고 오리걸음으로 하체를 단련했다.

그런 다음 강화술을 받은 후 점심을 먹고 나면 투구 연습을 했다.

강화술을 받고 나면 최소 한 시간은 체력을 회복해야 될 만큼 기력이 소진되었기 때문에 오전은 꼬박 암자에서 잠을 자거나 쉬면서 시간을 보냈다.

저녁을 먹고 난 다음부터는 어깨를 집중적으로 단련했다.

혜원 스님께서는 망가진 어깨를 이어 붙였지만 그 근육을 단련시켜 원래대로 회복하는 건 강찬의 몫이라고 말씀하셨다.

공의 스피드가 서서히 올라오기 시작한 것은 6개월이 지난 후부터였다.

그렇다고 해서 예전과 같은 구속이 나온 것은 아니었으나 처음에 던졌던 비실비실한 공에 비한다면 장족의 발전을 이루었다고 볼 수 있었다.

강찬이 변화구를 집중적으로 훈련한 것은 혜원 스님의 충고 때문이었다.

강화술이 시전되고 있는 한 혈들이 완벽하게 이어지지 않기 때문에 속구를 던질 수 없다는 말씀이셨다.

강화술이 완성되고 얼마간의 시간이 지난다면 예전보다 훨씬 강한 어깨를 가질 수 있겠지만 지금은 그렇지 못하니 무리해서 빠른 공을 던지지 말라고 하셨다.

그러면서 한숨을 흘리셨다.

분명 더 강한 어깨를 가질 수 있으나 그 시간을 확신할 수 없다며 과연 다시 선수 생활을 시작할 수 있을지 걱정된다는 말씀이었다.

스님의 말씀을 믿었다.

언젠가 구속만 회복된다는 가능성만 있다면 무슨 짓이라도 할 생각이었다.

그랬기에 강찬은 미진했던 변화구에 미치기 시작했다.

구속의 회복이 늦어진다면 변화구라도 완벽하게 익혀서 도전해 볼 생각이었다.

절망을 겪어본 사람의 의지였다.

죽음까지 생각했으니 무엇이 두렵겠는가.

변화구는 어깨에서부터 흘러나와 손끝에서 마무리되는, 야구에서 가장 아름다운 예술이었다.

절묘하고도 미세한 타이밍에 의해 낙차가 결정되고 코너워크가 이루어진다.

얼마나 많은 변화가 이루어지는가에 따라 위력이 결정되는 변화구는 그래서 수많은 선수의 피땀을 흘려내게 만들었다.

위력.

타자들의 배트를 꼼짝 못하게 침묵시킬 수 있는 위력은 완벽한 제구력과 컨트롤뿐이었다.

강찬은 천에 스트라이크존을 만들어놓고 29개의 원을 그렸다.

던진다. 그 원으로.

하나의 실수도 없이 완벽하게 제구되어 원을 맞출 수 있을 때까지 끊임없이 연습할 생각이었다.

*　　*　　*

혜원 스님의 권유로 예상했던 시간보다 1년을 산에서 더 보냈다.

스님은 어깨의 강화술을 완벽하게 만들기 위해서는 시간이 더 필요하다고 말씀하셨기 때문에 강찬은 두말없이 그 뜻에 따랐다.

길었던 시간.

그러나 꿈결처럼 짧았던 시간이기도 했다.

스님의 말씀대로 어깨의 상태는 예전으로 돌아간 상태였다.

아니다, 어깨에 붙어 있는 힘이 3년 전보다 훨씬 강하다는 걸 느낀다.

그런데 이상하게 구속이 붙지 않았다.

나중에 찍어봐야 알겠지만 지금 상태라면 130km/h도 넘기지 못할 것 같았다.

스님은 혈들의 통로를 개척했고 흩어졌던 근육이 붙고 있으니 꾸준히 노력하면 강철 같은 어깨를 가질 수 있다고 설명했다.

그러면서 현재의 상태에 실망하지 말라는 당부를 하셨다.

언젠가는 예전에 던졌던 것보다 훨씬 더 빠른 공을 던질 수 있을 거란 확신을 심어주셨다.

어느 날 문득 스님이 강찬의 배낭을 내민 것은 다 떨어진 천을 갈고 암자로 돌아왔을 때였다.

천은 수시로 떨어지고 헤져서 벌써 스무 번이나 갈았는데 시간이 지날수록 점점 바꿔야 하는 주기가 짧아지고 있었다.

"강찬아, 너의 어깨는 완전하게 치료되었다. 그러니 이제 집에 돌아가거라."

스님의 눈동자가 떨리고 있는 것이 보였다.

결국 이 말을 하기 위해서 스님은 며칠 전부터 밤잠을 설쳤던 모양이다.

자신도 모르게 생성되어 불쑥불쑥 답답하게 만든 불안감은 아마도 스님의 마음에서부터 시작된 것이 분명했다.

그리고 그것은 강찬 스스로도 서서히 느끼고 있었던 것이었다.

집에 돌아간다는 것.

사회로 돌아가 인간의 삶은 살아간다는 것은 다시 꿈을 꿀 수 있다는 것을 의미했다.

돌아가고 싶었다.

하지만 스님이 허락하지 않는 한 돌아가면 안 된다고 생각했다.

그런데 스님은 며칠 전부터 말을 하지 않았지만 눈으로 이별을 말하고 계셨다.

스님의 말 한마디에 강찬의 눈에서 눈물이 쏟아져 내리기 시작했다.

그 눈물은 생명을 구해준 사랑에 대한 하찮은 보답이 아니라 그저 말없이 3년이나 자신을 돌봐준 스님의 은혜를 제대로 갚지 못하고 떠난다는 슬픔 때문이었다.

얼굴을 들지 못하고 구들장만 바라보며 울었다.

눈물이 홍수가 되어 구들장으로 떨어져 흐를 만큼 강찬은 많은 눈물을 흘려냈다.

그러면서도 더 있겠다는 말을 하지 못했다.

가슴속을 따스하게 만드는 은서의 작은 목소리와 테레사 수녀님의 부드러운 음성, 열광하는 관중들의 환호성이 하나씩 귓가를 맴돌며 지나가고 있었다.

꿈을 이루어 사랑하는 사람들을 행복하게 해주고 싶다는 열망.

그 열망을 이루기 위해서는 슬펐으나 스님의 곁을 떠나야 한다.

나중에 다시 돌아올 테다.

그래서 스님에게 이 세상에서 가장 웅장하고 멋진 사찰을 지어줄 것이다.

* * *

가져온 것이 없으니 가져갈 것도 없다.

혜원 스님을 향해 절을 올리고 즉시 산을 내려온 것은 미련을 남기지 않기 위함이었다.

어차피 내려갈 길이라면 서로가 슬프지 않게 짧은 이별을 만드는 것이 맞았다.

스님은 어디서 돈이 생겼는지 떠나는 강찬에게 10만 원을 내밀었다.

부들거리는 손으로 그 돈을 받으며 다시 돌아오겠다는 약속을 끊임없이 되뇌었다.

6개월의 절망과 3년 동안의 고난.

산에서의 삶은 끝없는 고통의 연속이었고 슬픔과 희망이

교차하며 그를 단련시킨 시간이었다.

산을 내려가도 쉽지 않을 거란 걸 안다.

그럼에도 다시 시작할 수 있는 것은 혜원 스님을 믿었기 때문이었다.

강철 같은 어깨를 만들었으니 언젠가 비상할 것이라는 스님의 말씀은 그에게 커다란 용기를 주었다.

2년 동안 피나는 훈련을 하루도 거르지 않았다.

새벽에는 서킷 웨이트트레이닝을 2시간씩 시행했고 낮에는 천이 헤지고 너덜댈 정도로 변화구를 훈련했다.

밤이면 어깨를 강화시키기 위해 돌들을 날랐고 바위에 끈을 매달아 잡아당기는 짓을 매일같이 해댔다.

어깨가 완전하지 않았기 때문에 패스트볼의 구속은 형편없었으나 변화구만은 완벽에 가깝게 컨트롤이 되었다.

29개의 과녁에 한 치의 오차도 없이 마음먹은 대로 제구가 되었고 커브와 슬라이더의 변화 각도는 면도날처럼 예리했다.

만약 패스트볼이 예전과 같은 구속을 찾는다면 어떤 타자와 승부를 한다 해도 이길 자신이 있었다.

* * *

산을 내려와 버스를 타고 왔던 길을 되돌아갔다.

돌아가기에 너무나 멀었고 힘든 길이었다.

다시는 돌아가지 않겠다고 마음먹었으니 어쩌면 이 길은 그의 삶 속에서 마지막 길이 될 수도 있었다.

그런 길을 다시 돌아간다. 희망이란 놈을 안고서.

드디어 소망원이 보였다.

수많은 눈물을 흘리며 19년 동안 살아왔던 곳이었지만 왠지 낯설게 느껴졌다.

너무나 보고 싶었던 테레사 수녀님의 자상한 얼굴이 스르륵 떠올라 가슴으로 들어왔다.

이제는 돌아왔지만 살 수 없는 곳이었다.

소망원의 규칙은 성인이 되면 독립하도록 규정되어 있기 때문에 강찬은 인사만 드리고 떠날 수밖에 없었다.

문을 열고 들어서자 익숙한 얼굴들이 보였다.

세월이 참 무섭다.

불과 삼 년이란 세월이 지났을 뿐인데 아기들은 아이가 되었고 아이들은 소년이 되어 있었다.

동생들은 강찬의 얼굴을 뒤늦게 알아보고 달려와 안겼으나 늘 보고 싶던 은서의 얼굴은 어디에도 없었다.

고개를 돌려 주방 쪽을 보았다.

이 시간이면 은서는 아이들의 간식을 챙겨주느라 주방에 있곤 했었다.

하지만 주방 쪽에서 나온 것은 은서가 아니라 테레사 수녀님이었다.

"아이고, 강찬아!"

보자마자 운다.

얼마나 걱정하고 가슴 졸였는지 그녀는 강찬의 온몸을 매만지며 눈물을 흘렸다.

그런 수녀님을 마주 안고 강찬도 울었다.

보고 싶은 얼굴.

불행하게 세상에 태어난 그에게 엄마라고 부르라 하시며 온 정성을 다해 키워주신 분이었다.

그런 분을 3년 동안이나 걱정 속에서 살게 했으니 자신의 죄는 쉽게 용서받지 못할 만큼 컸다.

테레사 수녀님의 주장으로 강찬은 소망원에 삼 일 동안 머물면서 동생들을 돌봤다.

당장 갈 곳이 없으니 당분간 여기서 지내는 게 어떻겠냐는 수녀님의 제안은 정중히 거절했다.

규정을 어기게 되면 수녀님이 피해를 볼지 모른다.

정부 기관이 주는 적은 예산과 독지가들로부터 조금씩 받은 돈으로 운영되는 소망원은 그 와중에도 점검받고 평가되어 규정을 위반했을 경우 예산이 깎이는 불이익을 당하곤 했다.

은서는 대학생이 되어 대전으로 갔다고 한다.

얼마나 똑똑했는지 고등학교 때 반에서 일 등을 놓치지 않았다고 했는데 4년 전액 장학금을 받기 위해 서울에 있는 대학교 대신 대전에 있는 국립대학교를 선택했다는 이야기였다.

테레사 수녀님은 은서의 이야기를 하면서 다시 눈물을 흘렸다.

은서가 겪어야 했던 슬픔.

강찬이 떠나고 난 후 그녀는 죽음 직전까지 가는 탈진을 겪어야 했다고 한다.

유난히 강찬을 따랐고 좋아하던 그녀였으니 충분히 이해가 되었지만 막상 그런 이야기를 듣자 가슴이 찢어지도록 아파왔다.

보고 싶었다.

어떻게 변했는지 얼마나 예뻐졌는지.

* * *

삼 일 동안 수녀님은 온 정성을 기울여 강찬이 좋아했던 음식들을 만들어주었다.

그러지 말라는 말은 하지 않았다.

그것이 그녀의 행복이란 걸 너무나 잘 알기 때문이었다.

다 큰 새가 둥지를 떠나는 것처럼 그녀는 강찬이 새로운 곳을 향해 떠나는 것을 배불리 먹여 배웅하고 싶어 하는 것 같았다.

삼 년 동안이나 소식을 끊고 지내던 친구들에게는 차마 연락을 취하지 못했다.

일방적으로 관계를 정리했기 때문에 그들이 받은 충격은 매우 컸을 텐데 이제 와서 불쑥 전화를 한다는 건 차마 못할 짓이었다.

그러나 스승인 최 감독에게는 전화를 할 수밖에 없었다.

다른 사람은 몰라도 최 감독은 그에게 꿈을 심어준 은인이었으니 이렇게 살아 있다는 사실을 알려주는 게 도리라는 생각이 들었다.

세상일이 정말 얄궂다.

무슨 일 때문인지 최 감독의 전화번호는 바뀌어 있었다.

떠나기 전 반드시 봐야 한다는 생각을 한 것은 최 감독이 자신 때문에 강찬이 다쳤다며 괴로워했기 때문이었다.

그렇지 않다고 말해주고 싶었다. 어깨는 재활을 통해 예전처럼 움직일 수 있으니 감독님은 편안한 마음으로 살아가 달라고 부탁하고 싶었다.

학교는 변함이 없었으나 최 감독은 학교에 남아 있지 않았다.

강찬이 다친 그다음 해에 학교를 그만뒀다는 게 후배들의 이야기였다.

왜 그만뒀는지는 알 수 없었다.

최 감독은 학교와 야구부에도 이유를 밝히지 않고 떠났다고 했다.

터덜터덜 학교를 빠져나와 소망원을 향해 걷다가 중간에 놓인 등나무 벤치에 걸터앉았다.

오래전의 기억 속에 이곳은 훈련에 지친 몸을 잠시 쉬어가던 안식처였다.

벤치에 앉자 수많은 기억이 하나둘 떠오르기 시작했다.

처음으로 야구를 하게 되었을 때 그는 그 기쁨을 숨기지 못하고 벤치에 앉아 만세를 불렀었다. 최성일에게 결승전에서 끝내기 홈런을 맞았을 때는 벤치 한구석에서 고개를 숙인 채 울었고 처음 청룡기에서 우승했을 때는 은서와 함께 이곳에 앉아 마음껏 웃었다.

그리고 문득 떠오른 기억 하나.

기억 속의 그녀.

황주희는 이곳이 자신의 안식처란 말을 하자 벤치를 만나는 약속 장소로 정하곤 했다.

그녀도 이곳을 참 좋아했었다.

노란 은행나무들이 나뭇잎을 흩날릴 때면 황주희는 어린아이처럼 깡총깡총 뛰며 즐거워했다.

자신도 모르게 전화기를 꺼내 들고 그녀의 이름을 검색했다.

뭘 어쩌자는 생각이 있었던 건 아니었지만 핸드폰에 적혀 있는 이름을 보자 그녀의 아름다웠던 얼굴이 스르륵 떠올랐다.

황주희는 강찬이 자신의 남자 친구란 사실을 늘 증명하고 싶어 했었다.

키스도 먼저 했고 그녀의 친구들과 함께하는 자리를 만들어 강찬이 얼마나 뛰어난 투수인지를 자랑하곤 했다.

아무런 인사도 없이 헤어졌지만 추억을 생각하자 보고 싶다는 생각이 들었다.

잘 있을까. 잘 있겠지.

제2장
이글스

소망원에서 나와 시외버스를 타고 대전으로 향했다.

은서를 보기 위해서만은 아니었다.

보고 싶었던 은서를 만나고 나면 프로야구단 이글스를 찾아가 볼 생각이었다.

지금쯤 대통령 배가 끝났기 때문에 곧 신인 지명 드래프트가 실시될 것이다.

연습생을 뽑는 것은 드래프트가 끝난 다음 주 정도에 이틀 동안 이루어진다.

'야구 연습생' 즉 신고 선수는 당해 연도 신인 지명을 구단으로부터 받지 못한 선수 가운데 가능성이 있는 선수가 구단과 계약을 맺고 연습생처럼 함께 훈련하는 것을 말한다.

드래프트 지명을 받지 못하였으나 훗날 주목을 받아 정식 선수가 되는 신고 선수 출신 스타플레이어들이 있다.

프로야구의 경우 1군과 2군의 선수들이 모두 선수 명단에 등록되는 반면 신고 선수들은 단지 구단에서 연습 선수가 있다는 신고만 할 뿐, 정식으로 선수 등록을 하지 않는다. 당연히 연봉 계약 같은 것은 하지 않고 그 선수가 재능과 가능성을 보일 경우에만 정식 계약을 하는데 그런 경우는 극히 드물었다.

연습생이 구단에서 받는 것은 가장 기본적인 월봉일 뿐, 다른 비용은 일절 없다.

바꿔 말한다면 먹고살기 위해서는 밤에 무슨 일을 해서라도 돈을 벌어야 된다는 뜻이다.

캠퍼스의 가을은 아름다웠다.

떨어지는 낙엽조차 쓸쓸하지 않는 곳은 오직 대학 캠퍼스뿐이라고 말할 만큼 활기에 차 있었고 마치 봄의 푸름 같은 청춘이 가득 들어차 있었다.

그 캠퍼스를 수많은 학생들이 걸어갔다.

수업을 기다리며 잔디밭에 앉아 정답게 이야기를 나누는

여학생들이 보였고 종이컵을 차며 노는 남학생들도 있었지만 대부분의 학생은 중앙로를 따라 어디론가 부지런히 걸어가고 있었다.

캠퍼스도 예전의 캠퍼스와는 달리 급격하게 변하면서 여유를 잃어버린 모양이었다.

누군가는 이런 현상을 다이내믹이라고 표현하지만 여유를 잃어버린 삶은 그럼에도 아쉽다.

강찬은 천천히 중앙로를 따라 걸었다.

은서가 공부하는 약학대학은 캠퍼스 중앙에 있었기 때문에 정문을 통과하고도 십여 분은 걸어가야 했다.

완벽한 몸매, 야성미가 넘치는 얼굴.

삼 년 동안 산에 살면서 기름진 음식을 제대로 먹지 못했는데도 강찬의 키는 고등학교 때보다 훌쩍 커서 188㎝에 달했고 몸매 역시 꾸준한 서킷트레이닝으로 인해 군살 하나 없었다.

그런 그를 마주 걸어오는 여학생은 놀란 눈으로 바라봤다.

모델처럼 잘생겼으면서도 여자의 본능을 끌어당기는 야성의 매력. 강찬은 캠퍼스에서 절대 볼 수 없는 사내였다.

스쳐 지나갔지만 그렇다고 그냥 지나갈 수가 없었다.

자신도 모르게 멈춰 서서 강찬의 뒷모습을 바라볼 만큼 매력적이었으니 여자들은 서로의 모습을 보며 어색한 웃음을 지어야 했다.

약학대에 도착해서 건물로 들어섰다.

멋들어진 외관과는 다르게 치장 하나 없는 복도를 따라 걷자 사람들의 시선이 따라오는 게 느껴졌다.

약학대 역시 여자들이 주를 이루는 학과였으니 복도를 걷는 건 주로 여학생들이었기 때문이었다.

그럼에도 강찬은 아무런 내색도 하지 않고 걷다가 자신과 눈이 마주친 여학생을 향해 입을 열었다.

그녀는 학교에 들어와서 지금까지 본 여자들 중 가장 아름다운 여학생이었다.

이왕이면 다홍치마였을까. 아니면 본능이었을까.

"저기, 미안한데 학생과가 어디 있습니까?"

"학생과요? 혹시 과 사무실 말하는 거예요?"

"사람 찾으려고 하는데 과 사무실에 가면 알 수 있겠죠?"

"찾는 사람이 약학대에 다니나요?"

"네, 신은서라고"

강찬의 대답에 여학생이 깜짝 놀란 얼굴을 했다.

그런 후 급히 입을 열었다.

"은서는 왜 찾아요?"

"제가 은서 오빠 됩니다. 아시나요?"

"아……."

그녀의 얼굴은 심마니가 산에서 백 년 묵은 산삼을 본 것처럼 변해갔는데 천천히 얼굴에서 웃음이 떠올랐다.

"그렇군요. 은서는 저와 둘도 없는 친구예요. 저와 같이 가시면 은서를 볼 수 있을 거예요."

은서는 도서관에 있다고 했다.

그녀는 자신을 소개했는데 은서와 같은 2학년이었고 이름은 김유정이란다.

얼굴만큼 예쁜 이름을 가진 여학생이었다.

더군다나 붙임성도 좋았는지 은서와는 둘도 없는 친구라는 사실을 강조하며 강찬을 보고 스스럼없이 오빠라고 불러왔다.

약학대에서 도서관은 서쪽으로 500m가량 떨어져 있었기 때문에 두 사람은 데이트하듯 보도를 걸어갔다.

마치 그림 같다.

잘생기고 예쁜 남녀가 보조를 맞추고 걸어가자 마치 한 편의 영화를 보는 것 같았다.

"그런데 이상해요. 은서는 왜 이렇게 잘생긴 오빠가 있다는 말을 하지 않았죠?"

"제가 오랫동안 집을 나와 있었기 때문일 겁니다."

"그래도 그렇지……. 하여간 나중에 혼 좀 내줘야겠어요."

"하하, 그러지 마세요."

김유정의 협박에 강찬이 웃음을 터뜨렸다.

작은 주먹을 들어 올려 좌우로 죽죽 뻗어내는 행동이 너무 귀여웠기 때문이었다.

그녀는 강찬이 웃자 방긋 따라 웃으며 질문을 던져 왔다.

"그나저나, 오빠는 나이가 어떻게 돼요?"

"스물셋입니다."

"저보다 두 살이 많군요. 학교 다녀요?"

"아뇨."

"그럼, 지금 뭐해요?"

"글쎄요… 뭘 할까 고민 중입니다."

다시 말해 백수라는 뜻이다.

그랬기에 김유정의 얼굴이 잠시 흐려졌다.

얼굴만 잘생기고 머리 빈 남자들이 얼마나 힘든 존재가 되는지 어렸지만 그녀는 너무나 잘 알고 있었다.

그녀는 강찬의 얼굴을 빤히 쳐다보다가 무안한 표정을 지으며 고개를 돌렸다.

그런 그녀를 향해 강찬이 피식 웃었다.

무엇 때문에 그런 행동을 하는지 금방 눈치챘다.

고아로 자라오면서 가장 빨리 터득해야 되는 것은 사람의 행동에 대한 판단과 눈치였다.

배경이 전혀 없는 놈이 그런 것마저 없으면 세상 살기가 너무 어려워지기 때문이다.

민망하게 만들고 싶지는 않았다.

그녀는 자신과 아무런 상관도 없는 사람이었고 그저 동생인 은서를 찾아주기 위해 길을 안내해 주는 중이었다.

그렇게 간단하게 생각하면 편했다.

자신도 모르게 잠시 마음을 열었던 것은 은서의 친구라는 사실과 예쁜 그녀의 웃음 때문이었을 것이다.

만약 아름다운 그녀에게 호감을 가졌다거나 사귀고 싶다는 생각을 가졌다면 마음이 아팠을 수도 있었겠지만 강찬은 전혀 그런 생각이 없었다.

이제 겨우 산에서 내려왔다.

그리고 꿈속에서조차 보고 싶던 동생을 보러 온 길이었다.

은서를 보고 나면 세상의 질시와 싸워야 했다.

방금 보여준 김유정의 편견은 그에 비하면 아무것도 아닐지 모른다.

도서관에 김유정이 들어가는 것을 강찬은 문밖에서 멀거니 바라보았다.

학생증이 있어야 들어갈 수 있는 구조였기에 외부인인 강찬은 도서관 안으로 들어가지 못했다.

하릴없이 계단 위에서 하늘을 바라보았다.

가을 하늘은 무척 높았고 엄청나게 푸르렀는데 파란 하늘 가운데 뭉게구름 한 덩이가 바다에서 유영하는 것처럼 움직이고 있었다.

그 구름 끝에 시선을 고정시킨 후 그렇게 석상처럼 서 있다가 천천히 눈을 돌렸다.

우연이었는지 본능적인 감각이었는지 강찬이 눈을 돌려 도서관 안쪽을 바라보자 멀리서 한 여학생이 달려오는 것이 보였다.

심장이 미친 듯이 뛰기 시작했다.

어떻게 변했든 어떻게 살아왔든 한눈에 알아볼 수 있었다.

내 동생 은서가 나에게 달려오고 있었다.

"오빠!"

은서의 목소리는 비명처럼 높고 뾰족했다.

그대로 달려와 안긴 은서는 다시는 놓치지 않겠다는 듯 강찬의 허리를 부여잡고 가슴으로 파고들었다.

도서관을 드나드는 사람들이 재미난 구경거리가 생긴 듯 힐끔힐끔 바라봤지만 은서는 강찬의 가슴속으로 들어온 후 사람들의 시선을 의식하지 않고 울기만 했다.

얼마나 울었을까.

아마도, 은서가 울음을 멈춘 것은 차 한 잔 마실 시간이 지난 후였을 것이다.

그때부터 은서는 묻고 또 물었다.

그동안 어디에 있었는지, 어깨는 안 아팠는지, 굶고 다니지는 않았는지…….

온통 강찬에 대한 걱정이 그녀의 입에서 쏟아져 나왔다.

한동안 그녀에 대한 답변을 하던 강찬이 이야기를 멈춘 것은 오랜만에 만난 동생과 따뜻한 차라도 해야 된다는 생각이 문득 들었기 때문이었다.

"은서야, 가자."

"어딜?"

"학교 앞 카페에 가서 커피 마시자. 여기서 이러고 있을 수는 없잖아."

그러고 보니 아직도 많은 사람들이 흘끔거리며 보고 있었다.

은서가 워낙 신나게 신파극을 벌여놓은 바람에 사람들이 안 보는 척하면서도 이쪽에 신경을 쓰고 있는 게 느껴졌다.

은서는 절대 다시 안 떨어지겠다는 듯 강찬의 팔을 껴안은 채 걸었다.

고등학교 다닐 때도 예뻤던 은서는 대학생이 되자 완전한 숙녀로 변해 있었다.

김유정만큼 화려한 외모는 아니었으나 은서는 한 떨기 국화처럼 은은한 아름다움을 지녀 보는 사람으로 하여금 편안함을 느끼게 만들었다.

커피숍에 도착해서 아르바이트생에게 커피를 주문한 은서는 못다 한 질문을 계속하기 시작했다.

"정말 팔 다 나은 거야?"

"응. 이제 다시 공을 던져도 될 만큼 회복했어."

"야구 다시 한다는 것도 진짜고?"

"해야지. 삼 년 동안 미친 듯이 노력한 것은 야구를 하기 위해서였어."

"…예전처럼 잘 던질 수 있어?"

"지금은 아니지만 언젠가는 그렇게 될 거야. 그러니 너무 걱정 안 해도 돼."

"응."

못 믿겠다.

팔을 고쳤다는 말도 믿기지 않았고 다시 공을 던진다는 것도 믿을 수 없었다.

오빠의 부상이 어떤 것인지 알기 위해 백방으로 수소문했고 인터넷을 뒤졌다.

무슨 수를 쓰더라도 오빠를 절망에서 구해내고 싶었기 때문이었다.

그러나 오빠의 부상은 알면 알수록 절망만을 그녀에게 가져다주었다.

일상적인 삶이라면 모를까 강찬의 부상은 야구 선수에게

사망 선고나 다름없는 것이었다.

그런데 오빠는 그녀의 지식을 송두리째 뒤집는 거짓말을 하고 있었다.

눈앞에 있는 강찬의 얼굴을 하염없이 바라보았다.

거짓말을 말하면서 웃고 있는 오빠의 얼굴 깊은 곳에 숨어 있는 슬픔을 찾아내기 위해서였다.

조금이라도 강찬의 얼굴에서 슬픔을 찾아내게 된다면 참지 못하고 또다시 눈물을 흘릴 수밖에 없다.

불쌍한 오빠.

하지만 오빠의 얼굴에서는 어떠한 슬픔도 발견할 수 없었다.

정말 이상한 일이었다.

그러나 그런 걱정보다 더 중요한 일이 떠올랐다.

오빠와 다시는 헤어지지 않는 것.

어느 날 문득 사라졌던 것처럼 오빠가 없어지게 해서는 안 된다.

그러기 위해서는 자신이 오빠와 함께 사는 게 가장 바람직한 방법이었다.

옆에다 두고 도망가지 못하도록 꼭 붙잡고 있으면 새처럼 훌쩍 날아가는 일은 생기지 않을 것이다.

"오빠, 이젠 어떻게 할 거야?"

"조금 이따가 이글스에서 연습생 테스트가 있어. 거기에 응시해 볼 생각이야."

거짓말일 가능성이 컸지만 믿는 체했다.

망가진 어깨를 가지고 입단 테스트를 받는다는 건 있을 수 없는 일이었으니 강찬의 말은 거짓일 가능성이 컸다.

하지만 그것을 드러내어 강찬을 곤혹스럽게 만들면 안 된다는 생각이 들었다.

그랬기에 은서는 차분하게 다음 말을 꺼냈다.

"그럼 당분간 대전에 있어야겠네."

"그래야겠지. 아직 일정이 안 나와서 한동안 기다려야 될 것 같아."

"있을 데도 없잖아."

"여관에서 자면 돼. 걱정하지 마."

걱정하지 말란다고 걱정이 안 되면 얼마나 좋을까.

같이 살아야겠다는 결심을 굳히자마자 커다란 난관이 다가왔다.

은서는 4년 전액 장학생이 되면서 기숙사에서 지낼 수 있는 특혜까지 같이 받았기 때문에 지금까지 학교 밖을 나간 적이 없다.

거기다가 같이 살려면 최소 두 칸짜리 집을 얻어야 되는데 그녀는 물론이고 강찬에게는 그런 돈이 있을 리 만무했다.

은서의 아련한 눈길에 강찬은 입을 닫았다.

저 눈길.

언제나 그를 향한 그리움.

그러나 은서의 눈길은 원사이드가 아니다. 은서를 바라보는 강찬의 눈길도 언제부턴가 그렇게 변해가고 있었다는 것을 스스로 알고 있었으니 말이다.

하지만 그 눈길에 담긴 감정과 강도가 다르다는 것도 안다.

은서의 눈길과 자신의 눈길에 담긴 감정은 확실한 차이가 있으니 똑같이 치부한다는 건 말도 안 되는 짓이다.

뭔가를 말하고 싶어 하는 은서의 입술이 떨리고 있었다.

말하면 안 되는 내용이란 걸 본능적으로 느꼈지만 은서는 기어코 입을 열었다.

"오빠, 나랑 같이 살자."

말해놓고 빤히 바라본다.

이 아이는 같이 산다는 의미를 잘 모르는 모양이었다.

같은 고아원에서 자라며 혈육처럼 지냈지만 엄연히 그들은 타인이었고 이제는 커버릴 대로 커버린 성숙한 남녀였다.

자신을 바라보는 은서의 눈길에 담긴 그리움은 그저 어릴 적부터 좋아했고 함께했던 오빠였기 때문일 것이다.

하지만 자신은 아니었다.

은서, 내 동생 은서는 어느새 조금씩 여인이 되어 가슴속에서 언제나 지켜줘야 할 대상이 되어가고 있었다.

그럼에도 조금의 감정조차 내보이지 않은 것은 자신의 처지에 대한 불확실 때문이었다.

은서는 이제 명문 대학교의 재원이 되어 있었지만 자신은 팔 병신이 되어 황야를 떠도는 들개가 되어버렸다.

들개는 들에서 치열하게 싸우며 살아가야 한다.

불행한 과거를 지닌 은서가 나와 같은 들개의 우리에 갇혀서는 안 된다고 생각했다.

은서만큼은 잘나고 능력 있는 사내를 만나 새로운 인생을 살아가기를 간절히 바랐다.

마음이 아프고 괴로워도 참을 수 있다.

그만큼 은서를… 사랑하니까.

은서의 제안에 강찬은 피식 웃음을 흘린 후 커피 잔을 들어 입으로 가져갔다.

그런 후 빤히 쳐다보며 대답을 기다리는 은서를 바라보았다.

"너 돈 있어?"

"대답만 해. 오빠 생각이 어떤지만 말하라니까."

"바보냐. 내가 가진 돈은 엄마가 준 돈까지 다 합해서 지금 12만 원밖에 없다. 그런데 어떻게 같이 살자는 거야. 말이 되는 소릴 해."

"내가 언제 궁궐 같은 집에서 살자고 했어? 그냥 둘이 같이 살았으면 좋겠다는 거지. 월세방 얻으면 되잖아. 내가 아르바이트하면 그 정도는 충분히 벌 수 있어. 그리고 오빠도 같이 벌면 생활하는 데는 아무런 문제도 없을 거야."

"됐어. 그런 소리 하지 마."

"왜 안 되는데!"

"넌 공부나 열심히 해. 나는 나대로 할 일이 있으니까. 네가 옆에 있으면 내가 부담돼서 할 일도 제대로 못 한다."

"내가 어린애냐? 무슨 방해를 한다고 부담이 된단 말을 하는 거야!"

나름 작정을 하고 입을 열었지만 오빠는 단칼에 안 된다고 잘라 버렸다.

돈이 없으니 전세는 어려웠고 방 두 칸짜리 집을 얻는 것도 말이 안 된다.

그럼에도 같이 살겠다고 작정을 한 것은 한 방에서 살을 부딪치는 한이 있더라도 함께 있고 싶다는 욕망 때문이었다.

물론 좋은 환경을 팽개치고 나와야 하는 부담감이 있었지만 강찬의 존재는 그런 것을 모두 버릴 만큼 그녀에게 중요했다.

오빠는 자신의 마음을 모른다.

한 방에서 같이 살아도 좋다는 그녀의 말이 어떤 의미를 지닌 것인지를…….

그랬기에 눈물이 나왔다.

같이 살고 싶은데 안 된다고 한다.

오빠는 자신이 부담이 된다는 말도 안 되는 변명으로 동거를 외면하려 하고 있었다.

그 이면에 담긴 이유가 무엇인지 너무나 잘 안다.

어릴 적부터 그랬다.

오빠는 자신이 힘들게 되거나 잘못되는 일이라면 조금도 하지 않으려 했다.

아마도, 자신을 바라보며 완강한 눈빛을 보내는 오빠의 시선은 그런 것이 이유일 것이다.

강찬은 은서에게 자주 찾아오겠다는 약속을 남기고 학교를 나섰다.

간절히 보고 싶었던 얼굴이었지만 보고 나자 가슴속에 찬 바람이 들어찼다.

되돌아 다시 은서에게 뛰어가고 싶었으나 이를 악물고 참았다.

은서의 눈물이 얼굴에 가득 담기는 걸 보면서도 냉정히 돌아서 걸어 나왔다.

비명 같은 그녀의 울음소리가 아직도 귓가에 생생했지만 끝끝내 걸음을 멈추지 않았다.

동생은 동생의 삶이 있고 자신은 자신의 삶을 살아가야 한다.

자신으로 인해 은서가 힘들고 괴로워진다면 살아가야 할 이유와 의지가 나락으로 떨어질지도 모른다.

그녀가 잘 있다는 것은 봤으니 그것으로 충분했다.

가끔씩… 아주 가끔씩, 참다가 참다가 은서가 너무 보고 싶을 때 그때서야 찾아올 생각이었다.

일자리는 생각보다 훨씬 쉽게 구해졌다.

배운 것 없고 특별한 기술은 없었지만 타고난 체격과 서킷 트레이닝으로 다져진 체력이 있었기 때문에 아파트 현장의 공사 반장은 강찬을 흔쾌히 받아주었다.

처음에는 자재를 옮기거나 쓰레기를 치우는 막노동을 했지만 오 일이 지나자 유심히 강찬을 지켜보던 반장은 그를 콘크리트 타설팀에 넣어주었다.

워낙 성실히 일하다 보니 반장은 강찬을 아들처럼 대해줬는데 막노동하는 게 안쓰러웠던 모양이었다.

사람은 인복이 있어야 된다고 하더니 딱 들어맞는 말이었다.

막노동은 일당 7만 원이었지만 콘크리트팀으로 들어가자

그 두 배 가까운 13만 원을 받았으니 말이다.

그때부터 찜질방 생활을 정리하고 허름한 여인숙으로 잠자리를 옮겼다.

그것만으로도 행복했다.

편안하게 잠을 잔다는 것은 생각보다 훨씬 안정된 생활을 할 수 있게 만들어주었다.

이글스의 연습생 선발 테스트는 생각보다 늦어져 9월 첫째 주 수요일에 벌어졌다.

신인 드래프트가 늦어지면서 연습생 선발 테스트도 지연되었는데 그랬기 때문인지 훨씬 많은 선수가 몰려들었다.

이글스는 신인 드래프트에서 대학 최고 투수로 손꼽히는 박현종을 잡았고 수준급 포수인 황승규를 챙겼다. 3순위부터는 고졸 유망주들을 뽑았는데 전부 고교야구계에서 날리던 선수들이었다.

나름대로 알짜배기들을 챙긴 드래프트 성과였다.

연습생 선발 테스트에는 작년보다 2배나 많은 선수가 몰렸으나 테스트를 총괄하는 2군 감독 김남구의 얼굴은 시큰둥했다.

어차피 이곳에 몰려든 대부분은 쓰레기에 불과했다.

고등학교나 대학교를 졸업하고도 지명을 받지 못한 놈이 대부분이고 드물게 정규 리그에서 뛰다가 부상을 당했다가 재기를 위해 참가한 놈들도 있었으나 어차피 써먹지 못하는 것은 마찬가지였다.

더군다나 신인 드래프트에서 워낙 알짜배기들을 많이 골랐기 때문에 이번 연습생 테스트는 요식행위가 될 가능성이 컸다.

그럼에도 한두 명은 뽑아야 한다.

테스트를 열어놓고 한 놈도 뽑지 않는다면 스포츠기자들이 벌 떼처럼 뛰어들어 개처럼 물어댈지 모르기 때문이었다.

거의 백여 명이 참여했기 때문에 김남구 감독은 포지션별로 코치들에게 테스트를 일임하고 집행석 의자에 앉아 담배를 피웠다.

황인호가 어슬렁거리며 다가온 것은 배팅볼 투수의 공조차 쳐 내지 못하고 헛스윙하는 놈을 찾아냈을 때였다.

아무리 야구를 하고 싶다 해도 저런 정도의 실력으로 테스트에 참여한 것이 이해가 되지 않았다.

담배 연기를 길게 뿜어내고 시선을 다른 쪽으로 돌리다가 황인호를 확인한 김남구의 얼굴에서 반가움이 나타났다.

황인호는 김남구의 대학 5년 후배였고 구단에서 인정받는 최고의 스카우터였다.

이번 신인 드래프트에서 혁혁한 성과를 보여준 그에게 구단은 조만간 보너스를 줄 거란 소문이 돌고 있었다.

"여긴 웬일로 왔냐?"

"애들 보러 왔습니다. 괜찮은 놈이 왔나 해서요."

"너도 참 오지랖이 넓다. 혹시 연습생 신화가 탄생할 것 같아서 온 거야?"

"설마 그렇기야 하겠어요. 옛날이면 모를까 요즘 같은 세상에 그런 일이 있을 리 없잖습니까."

"왜 없냐? 종종 생기곤 했잖아. 그런데 이번은 아닌 것 같다. 눈에 띄는 놈들이 없어."

"그렇게 엉망인가요?"

황인호는 김남구가 담배 연기를 자신 쪽으로 뿜어내자 잽싸게 고개를 돌리며 말을 흘렸다.

담배를 피우지 않는 그는 담배 연기를 독약처럼 여기고 있었다.

아니라고 말을 했지만 본업이 스카우터인 그가 테스트장에 나타난 것은 당연한 일이었다. 그럼에도 김남구는 매년 올 때마다 왜 왔냐는 질문을 해대서 사람을 곤란하게 만들고는 했다.

시선을 돌려 테스트장을 확인하자 1차 테스트가 끝나고 한쪽에 통과한 선수들이 도열하는 게 보였다.

1차를 통과한 선수는 모두 스무 명 정도 되었는데 전부 얼굴이 굳어 있었다.

하긴 그렇기도 할 것이다.

야구를 하고 싶다는 집념. 그들에게는 이번 연습생 테스트가 야구를 할 수 있는 유일한 방법이었을 테니 죽기를 각오했을지도 모른다.

2군 수석 코치이자 투수코치인 장혁태가 다가온 것은 황인호의 눈이 1차를 통과한 선수들을 훑고 있을 때였다.

장혁태는 다가와서 김남구에게 말을 꺼냈는데 음성에서 쇳소리가 났다.

"감독님, 스물한 명입니다. 보실랍니까?"

"한 번 더 추려봐. 그러고 나서 보자고."

"그럼 한 다섯 정도로 추리겠습니다."

장혁태는 왔을 때처럼 그렇게 휘휘 걸어서 선수들 쪽으로 움직였다.

워낙 오랫동안 같이 일했기 때문에 둘은 격의가 없는 사이였다.

장혁태는 고등학교 때부터 선수 생활도 같이 했고 은퇴를 하고 나서는 이글스에서 코치로 같이 일하다가 김남구가 2군 감독이 되면서 따라왔다.

다시 말해서 장혁태는 김남구의 손과 발 같은 사람이었다.

황인호의 눈이 번쩍이며 빛난 것은 장혁태가 투수로 보이는 선수들을 데리고 마운드로 옮겨갈 때였다.

한눈에 알아볼 수 있었다.

비운의 천재 이강찬.

삼 년 전 굉장한 속구와 변화구로 고교야구를 평정했던 풍운아.

불의의 사고로 어깨가 망가지지 않았다면 지금쯤 메이저리그에서 불같은 강속구를 뿌리고 있을지도 몰랐던 놈이었다.

그런 놈이 눈앞에 나타났으니 황인호는 입을 벌리고 다물지 못했다.

김남구가 그런 황인호의 모습을 확인한 것은 담배를 다시 뽑아 들고 불을 붙이기 위해 라이터를 켰을 때였다.

마치 괴물을 본 것 같은 황인호의 모습에 김남구는 황당한 표정을 지었다.

"인호야, 왜 그러냐. 뭘 잘못 먹었어?"

"형님, 쟤 모르시겠어요?"

"누구?"

"저놈 말입니다."

황인호가 손가락으로 강찬을 가리키자 김남구가 눈을 오므렸다.

나이가 들다 보니 난시가 심해져 먼 것이 잘 안 보였다.

"눈이 안 좋아서 못 알아보겠다. 재가 누군데?"

"이강찬입니다."

"이강찬?"

"삼 년 전 대한민국을 들었다 놨다 한 놈 있잖아요. 세광고의 언터처블."

"아, 그놈. 그놈이 재라고?"

"틀림없습니다."

"걔는 어깨가 완전히 박살 났잖아. 밥도 왼손으로 먹을 정도로 망가졌는데 여길 어떻게 와?"

"그러게 말입니다."

두 사람이 대화를 나누는 사이 선수들의 테스트가 계속되더니 장혁태가 코치들의 도움을 받아 다섯을 남기는 것이 보였다.

황인호가 자리에서 벌떡 일어난 것은 바로 그때였다.

힘없이 처진 어깨로 돌아서는 강찬의 모습을 확인한 그는 전속력으로 그에게 뛰어가기 시작했다.

강찬은 장혁태가 뽑은 5명에 포함되어 있지 않았다.

"걔는 왜?"

장혁태가 어이없다는 얼굴로 황인호를 바라보았다.

자신이 떨어뜨린 놈을 뒤에 매달고 다가왔기 때문에 그의 얼굴은 슬쩍 붉어져 있었다.

다름 아닌 황인호가 데려왔기 때문이었다.

황인호는 국내에서 최고의 스카우터로 꼽히는 사람이었다.

자금력이 없는 이글스가 그마나 중간 정도의 성적을 내는 것도 선수를 보는 안목이 탁월한 황인호 덕분이라는 게 중론일 정도였다.

그럼에도 이해가 되지 않는다.

황인호가 데리고 온 놈은 직구 최고 속도가 128㎞/h에 불과했기 때문에 제구력이 좋았어도 떨어뜨릴 수밖에 없었다.

그 정도의 패스트볼은 고교야구에서조차 통하지 않기 때문이다.

그러나 황인호의 얼굴에 매달려 있는 웃음이 마음에 들지 않았다.

여유를 가진 자의 웃음.

뭔가 확신을 가진 자는 이런 상황에서도 웃음을 짓는다.

그것을 알려주기라도 하듯 황인호의 입은 그렇게 조용히 열렸다.

"코치님, 얘가 바로 이강찬입니다."

황인호의 갑작스러운 말에 장혁태가 웬 강아지 풀 뜯어 먹는 소릴 하느냐는 표정을 지었다.

스무 명에도 포함시킬까 말까 고민하다가 1심을 겨우 통과시킨 놈이었는데 여유 있는 얼굴로 마치 메이저리그에서 활약하고 있는 문명훈을 소개시키는 것처럼 말하고 있으니 하품이 절로 나왔다.

그랬기에 장혁태는 허리에 손을 걸치고 떨떠름하게 입을 열었다.

"이강찬이 뭐. 내가 이놈이 이강찬이라는 걸 모르는 게 이상하다는 표정인데 도대체 뭐야? 얘가 황 형 사촌이라도 되는 거야?"

"예전에 천재 투수로 날린 놈입니다. 생각해 보면 기억나실 텐데요."

"3년 전 세광고!"

"맞습니다."

장혁태가 여전히 여유 있게 웃고 있는 황인호의 표정을 살피다가 그때서야 갑작스럽게 기억이 난 듯 소릴 질렀다.

그의 얼굴은 놀람으로 눈이 커져 있었는데 새삼스럽게 강찬의 얼굴을 뜯어보았다.

3년 전 고교야구 선수로는 이례적으로 폭발적인 인기를 끌었던 전력이 있었기 때문에 장혁태도 강찬에 대해서는 잘 알고 있었다.

하지만 곧 그의 얼굴은 천천히 변해갔다.

한때 전국적인 화제가 되어 떠들썩하게 신문지상을 도배했던 강찬의 부상 소식이 떠올랐기 때문이었다.

당시 강찬의 부상은 도저히 야구를 할 수 없을 만큼 치명적이었다고 알려져 있었다.

장혁태의 시선이 강찬에게서 황인호 쪽으로 다시 돌아온 것은 생각의 정리가 끝났기 때문이었다.

"의외긴 한데 그래서 어쩌란 말이야?"

"기회를 한 번만 더 줬으면 합니다. 저나 김 감독님이나 이 놈 공 던지는 걸 못 봤으니 구경이나 시켜주십시오."

황인호가 김남구 쪽을 슬쩍 바라보며 부탁을 하자 장혁태의 얼굴이 일그러졌다.

이런 것도 알게 모르게 협박이 된다.

삼십 미터나 떨어져 있는 김 감독의 뜻을 물어보기에는 상황이 한심했다.

더군다나 황인호의 부탁이었으니 단칼에 거절하는 것도 마땅치가 않았다.

그럼에도 단박에 수락하기에는 자존심이 상했다. 자신이 직접 떨어뜨린 놈을 다시 던지게 한다는 건 결코 기분 좋은 일이 아니었다.

"보나 마나일 거야. 이놈 직구는 형편없어."

"얼마나 나옵니까?"

"128. 확실하게 몸 풀게 만들고 잰 거니까 더 나올 리도 없어."

"음… 무슨 얘긴지 알겠습니다. 하여간 다시 한 번 던지게 해주시면 고맙겠습니다. 나중에 소주 한잔 살게요."

"그것 참. 알았으니까 감독님한테 가 있어. 금방 시작할 테니."

"고맙습니다."

황인호가 고개를 숙인 후 이쪽을 바라보는 김남구를 향해 걸어가자 장혁태가 2심을 통과한 선수들을 대상으로 뭔가 이야기하는 것이 보였다.

최종 선발은 2군 감독이 직접 보고 결정한다는 이야기와 테스트에 필요한 주의 사항들을 전해주는 것이 틀림없었다.

장혁태가 선수들을 인솔해서 김남구 쪽으로 온 것은 5분 정도 지난 후였다.

"감독님, 투수 셋에 야수 셋입니다. 야수 먼저 할까요?"

"그렇게 해. 지금까지 연습생 신화는 주로 야수 쪽에서 나왔으니까 거기부터 보고 싶구만."

장혁태의 의견을 그대로 받아들인 김남구가 집행석에서 일어나 천천히 그라운드 쪽으로 걸어 나왔다.

최종 테스트였으니 가까운 곳에서 직접 확인하고 싶었던 모양이었다.

마지막까지 남은 3명의 야수는 내야수가 하나에 외야수가 둘이었는데 제법 괜찮은 수비 능력을 보여주고 있었다.

그중 2루수를 본 황병규는 타격마저 매서워 제법 인물티를 냈다.

물론 드래프트를 통해 선발된 신인들에 비하면 당연히 떨어지는 실력이었다.

그럼에도 제법 하는 것처럼 보인 것은 아마 그 나물에서 표고버섯 정도로 두각을 나타냈기 때문일 것이다.

야수들의 테스트가 끝나자 김남구는 장혁태에게 황병규를 남기고 나머지는 돌려보내란 사인을 보냈다.

어차피 연습생은 1명을 생각하고 있었기 때문에 황병규를 남긴 것도 고심 끝에 이루어진 일이었다.

최종 테스트에서 떨어진 선수들의 얼굴이 하얗게 변했다.

마지막 희망을 품고 최종심까지 올라왔다가 떨어졌으니 그들은 아쉬움을 숨기지 못하고 비틀거리며 걸어갔다.

김남구는 그런 선수들을 보지 않기 위해선지 급히 장혁태 쪽으로 눈을 돌렸다.

매년 하는 일이지만 스스로 해놓고도 너무 잔인하다는 생각이 들곤 했다.

얼마나 가슴이 아플 것인가. 남의 가슴에 이토록 대못을 박아댔으니 자신은 천당에 가기는 어려울 것이다.

"장 코치, 서두르자. 벌써 5시 넘었어. 얼른 끝내고 밥 먹으러 가야지."

"알았습니다."

장혁태 역시 어깨를 늘어뜨리고 돌아가는 선수들을 보고 있다가 감독의 지시를 받자 부랴부랴 대기하고 있던 임관을 포수석에 앉혔다.

임관은 2군에 포함되어 있는 세 명의 포수 중 제일 막내였는데 수비 능력은 셋 중 가장 뛰어난 것으로 알려져 있었다.

임관이 포수석에 앉자 지명을 받은 염우식이 먼저 마운드에 올라갔다.

염우식은 작년 북일고를 졸업한 투수였는데 지명을 받지 못해 연습생 테스트에 왔다고 했다.

팡. 팡.

졸업을 하고도 훈련을 게을리하지 않았던지 염우식의 공은 140km/h에 육박하고 있었다. 더군다나 공 끝이 살아 있어 교묘하게 홈 플레이트에서 변화가 되는 것이 보였다.

다섯 개의 직구를 던지고 나자 김 감독이 직접 소리를 쳐서 변화구를 던져 보게 만들었다.

변화구는 자신 있는 구질로 알아서 던지게 했는데 염우식은 커브와 슬라이더를 각각 3개씩 던졌다.

여기서 염우식이 신인 지명을 받지 못한 이유가 나타났다.

커브의 각도는 완만했고 슬라이더는 제구가 되지 않았다.

아쉬움을 숨기지 못하고 김 감독이 몇 개의 공을 더 던지게 만들었으나 염우식의 변화구는 여전히 위력을 나타내지 못했다.

고개를 천천히 흔들던 김 감독이 슬쩍 사인을 보내자 장혁태가 염우식을 내리고 다음 선수를 마운드에 올렸다.

하지만 다음 선수는 염우식보다 직구의 속도가 떨어졌고 변화구도 뛰어나지 않았다.

황인호는 주머니에 손을 찔러 넣고 관전하다가 공을 던지고 그라운드에서 빠져나가는 선수의 얼굴을 보았다.

아직 어린 얼굴이었으나 인생의 쓴맛을 모두 본 것처럼 달관된 표정을 짓고 있었다.

도대체 뭐가 아직 젊은 저 선수의 얼굴에 저런 표정을 짓게 만들었는지에 대한 새삼스러운 궁금증이 치밀어 올랐다.

하지만 그런 궁금증은 강찬이 마운드에 올라오는 순간 순식간에 날아가 버렸다.

자신도 모르게 입에 침이 고였다.

3년 전 자신은 강찬을 보기 위해 청주까지 찾아갔던 적이 있었다.

아니, 그것뿐이 아니다.

김혁에게 강찬에 대한 정보를 쥐어줘서 스포츠 신문에 대

문짝만하게 나오도록 만든 것도 자신이었으며 매 경기마다 참관해서 보고서를 만든 기억도 생생했다.

프런트에서는 그의 보고서를 토대로 강찬을 신인 지명 1순위로 올려놓고 영입을 위해 최선을 다했었다.

그랬는데 한순간에 모든 것이 바뀌고 말았다.

퍼펙트게임을 앞에 두고 쓰러진 비운의 천재는 영원히 재기하기 어렵다는 사망 통보를 받고 어디론가 훌쩍 사라져 버렸던 것이다.

당연히 구단에서는 그의 신인 지명을 철회했고 금방 기억 저편 속으로 강찬을 묻어버렸다.

그런 강찬이 3년이나 지난 지금 제 발로 찾아왔으니 얼마나 아이러니한 일인가.

강찬의 저 투구 폼을 좋아했었다.

와인드업에 이은 백스윙과 릴리스, 그리고 팔로우는 거의 완벽에 가까워 아름답게 보일 정도였다.

지금 마운드에 오른 강찬은 예전과 똑같은 자세로 투구를 했으나 공의 구속은 예상보다 훨씬 느렸다.

장혁태가 강찬을 떨어뜨리는 걸 보며 예상은 했으나 강찬의 직구는 고교야구에도 통하지 않을 만큼 형편없었다.

안쓰러웠다.

그런 공을 던지면서도 최선을 다하는 강찬의 얼굴을 보며 황인호는 지그시 입술을 깨물었다.

언터처블.

강력한 패스트볼로 고교야구를 평정했던 놈이 기어가는 듯한 공을 던지고 있으니 동정을 넘어 불쌍하다는 생각이 들었다.

그럼에도 강찬의 노력에 자신도 모르게 박수를 치고 있었다.

혼신을 다해 던지는 일 구 일 구마다 황인호는 박수를 치며 강찬이 더 힘내주기를 바랐다.

고장 난 어깨를 가지고 얼마나 노력했으면 저런 공을 던질 수 있을까.

아마 저놈은 저 공을 던지기 위해 수많은 난관과 절망을 이겨냈을 것이다.

하지만 저런 공으로는 입단이 어려웠다.

비록 이번이 연습생 테스트라고는 하지만 구단은 신인 지명에 필적한 만한 능력을 지니지 않으면 연습생으로 뽑지 않기 때문이었다.

계약을 하지는 않지만 월봉은 준다. 더군다나 한번 뽑으면 사람인 이상 필요가 없다고 쉽게 자르지도 못한다.

구단이 쉽게 연습생을 뽑지 않는 것은 바로 그런 이유 때문이었다.

황인호는 박수를 더 이상 치지 못했다.

장혁태가 강찬의 투구를 더 이상 진행시키지 않고 중간에서 스톱시켰기 때문이었다.

옆에서 지켜보던 김남구는 그 행동에 제동을 걸지 않았다.

오랫동안 야구에 미쳤던 사람들의 견해가 다를 리가 없었으니 이제 강찬은 집으로 돌아가는 일만 남았다.

자신 때문에 더 큰 절망을 맛본 건 아닐까란 생각이 들자 미안하다는 마음이 저절로 생겨났다.

괜한 오지랖으로 더 아프게 만들었다는 생각에 황인호는 천천히 마운드에서 빠져나오는 강찬을 향해 걸어갔다.

위로를 해주고 싶었다.

고장 난 어깨를 고친 것도 믿기지 않는데 투구를 할 수 있을 정도로 만들었으니 그 노력에 진심어린 격려와 위로를 해주고 싶었다.

그러다 문득 의문이 생겨났다.

저 정도의 구속이라면 1심에서 탈락해야 당연한데 강찬은 2심까지 올라와 테스트를 받았다.

눈치로 봤을 때 장혁태는 강찬이 누군지 몰랐으니 다른 이유가 있을 리 만무했다.

그랬기에 황인호는 강찬에게 가던 발걸음을 돌려 빠르게 장혁태를 향해 다가갔다.

"장 코치님!"

"왜?"

"저놈 직구만 보면 형편없는데 왜 1심을 통과시켰습니까?"

"변화구가 괜찮았거든."

"얼마나요?"

"원하는 대로 던지더라고. 제구력이 상당히 좋았어."

"이왕 부탁한 거 한 번만 더 들어주시죠. 저놈 변화구 좀 봤으면 좋겠습니다."

"변화구가 아무리 좋아도 뭐해. 직구가 저 모양인데."

"끝나고 소주에 삼겹살 쏩니다. 한 번만 더 던지게 해주세요."

"허어, 그것 참."

장혁태가 탄식을 터뜨리며 슬쩍 김남구를 바라봤다.

그러자 김남구의 고개가 작게 끄덕여지는 것이 보였다.

술도 얻어먹고 감독의 궁금증도 풀어줄 수 있다면 공 몇 개 더 던지도록 하는 건 일도 아니다.

그랬기에 장혁태는 강찬을 다시 마운드에 올렸다.

황인호가 부랴부랴 임관의 뒤쪽에 가서 선 것은 강찬의 투구를 확실하게 확인하기 위해서였다.

강찬은 천천히 마운드에 올라가 포수를 바라보았다.

떡 벌어진 어깨만 봐도 저 근육덩어리 포수가 얼마나 송구 능력이 좋을지 상상이 갔다.

이런 중요한 순간에 그런 생각이 들었다는 게 한심하기도 했지만 웃겨서 슬쩍 미소가 지어졌다.

2심에서 떨어졌을 때 이미 미련을 버렸다.

자신의 변화구가 꽤 괜찮다는 것을 알고 있었지만 그것은 패스트볼이 뒷받침되어야만 위력을 발휘할 수 있는 것이다.

야구를 조금이라도 해본 사람이라면 누구나 아는 사실이었으니 저기 서서 인상을 쓰고 있는 코치가 자신을 떨어뜨린 건 어쩌면 당연한 일인지도 몰랐다.

더군다나 자신의 변화구는 어깨가 덜 풀린 상태에서 구사가 되었기 때문에 코치에게 확실한 어필를 하지 못했다.

자신의 어깨는 혜원 스님의 재생술과 강화술을 받은 이후 최소 50개의 공을 던져야 완전히 풀렸는데 여기 와서는 기껏 25개의 공을 던졌을 뿐이다.

아직은 때가 아니라고 생각했다.

어깨의 근육이 완전하게 되기 위해서는 시간이 더 필요한 모양이었다.

실망은 되었으나 그렇다고 절망을 한 것은 아니었다.

자신의 어깨는 언젠가 강철같이 변하게 된다는 혜원 스님의 말씀을 믿었으니 일을 하면서 기다릴 생각이었다.

그런데 참 인연이 묘하다.

그토록 이글스에 입단시키기 위해 자신을 쫓아다니던 황인호를 이곳에서 만났으니 말이다.

더군다나 이번에는 변화구를 중점적으로 던지라는 오더였다.

새삼 희망이란 놈이 갑자기 샘솟듯 솟아났다.

2심에 올라오면서 자신의 변화구를 코치가 본 것은 불과 5개였다.

미처 몸이 풀리기 전에 끝나 버린 투구였음에도 코치는 자신의 제구력이 뛰어나다며 합격을 시켰었다.

완전하게 풀린 것은 아니었으나 연속되는 투구로 굳은어깨가 부드러워졌고 겨드랑이에서 땀이 배어 나왔다.

지금이라면 그동안, 2년 동안 미친 듯 익힌 변화구의 위력을 고스란히 보여줄 수 있을 것 같았다.

강찬이 와인드업을 끝내고 투구를 한 순간 황인호는 포수의 뒤쪽에 서 있다가 두 눈을 부릅뜨고 말았다.

직구와 똑같은 구속의 커브가 예리하게 포수의 왼쪽 옆구리 쪽으로 들어왔기 때문이었다.

이게 뭐지?

너무 놀라 헛바람을 들이켰는데 공을 받은 임관이 자신 쪽을 돌아보는 것이 보였다.

그의 얼굴은 마스크에 가려져 있었으나 두 눈은 자신처럼 놀람으로 둥그렇게 커져 있었다.

"어떠냐?"

"낙차가 엄청납니다."

"스트라이크였지?"

"안쪽 꽉 찼습니다. 심판에 따라 다르겠지만 제 감으로는 대부분 스트라이크를 줄 것 같습니다. 안 주면 욕먹을 정도니까 줘야 될 겁니다."

임관은 황인호의 질문에 대답을 하고 공을 강찬에게 던졌다.

그런 후 포수석에 앉아 미트를 내밀었다.

그는 그동안의 건성건성한 태도에서 벗어나 미트를 손으로 치며 강찬이 투구하기를 기다렸다.

염우식이 140㎞/h에 달하는 속구를 던질 때도 감흥을 보이지 않았던 그가 강찬의 투구에 흥분한 것은 커브의 떨어지는 각도가 폭포수처럼 컸기 때문이었다.

아직 2군에 머물고 있었지만 수많은 투수의 커브를 받아봤는데 강찬 정도의 공이라면 이글스의 에이스인 좌완 손정문에게 전혀 뒤지지 않을 정도였다.

그러나 그는 흥분을 가라앉히고 강찬의 투구를 기다렸다.

놈의 구질이 어느 정도까지 진화되었는지 짐작하기 위해서는 아직도 많은 포구가 필요했다.

눈을 부릅뜨고 기다리자 공이 회전을 하며 왼쪽 어깨 높이로 날아왔다.

커브가 아니라 직구였고 꽤 높게 날아왔으니 볼이라는 생각을 가졌다.

아니다, 직구라고 생각했는데 막상 홈 플레이트 가까이 다가오자 공이 급격하게 휘며 바깥쪽으로 빠져나갔다.

"헉!"

급하게 미트를 내밀어 공을 캐치한 임관의 입에서 허파에 바람 차는 소리가 흘러나왔다.

슬라이더다. 그것도 타자 몸 쪽으로 높게 들어오다가 급격하게 흘러나가며 외곽을 꽉 채운 스트라이크였다.

초구처럼 완벽하게 꽉 찼기 때문에 자신이 심판이라면 영락없이 손이 올라갈 수밖에 없는 공이었다.

뒤쪽에 서 있던 황인호의 입에서 신음 소리가 흘러나왔으나 임관은 모른 체하고 공을 강찬에게 다시 던졌다.

커브에 이은 슬라이더.

두 개의 공이 타자 무릎을 파고드는 높이의 좌, 우 꽉 찬 코스였다.

우연일 수도 있으나 아닐 거란 생각이 들었다.

놈의 표정은 전혀 변화가 없었는데 던진 공이 완벽하게 미트에 박혔어도 웃음기가 전혀 없었다.

슬쩍 눈을 돌려보자 십여 미터 떨어진 곳에서 장혁태와 이야기를 나누던 김 감독이 슬금슬금 다가오는 것이 보였다.

그만큼 강찬의 투구가 예상보다 훨씬 위력적이란 걸 발견했기 때문일 것이다.

강찬이 투구를 위해 모션을 가다듬자 임관이 입술을 혀로 적셨다.

긴장이 되었기 때문이었다.

대단한 낙차를 가진 커브나 슬라이더는 사전에 사인플레이를 하지 않으면 놓칠 가능성이 컸다.

후회가 되었으나 이제 와서 어디로 던질 건지 묻는다는 것도 웃기는 이야기였다.

그랬기에 그는 다시 한 번 입술에 침을 바른 후 강찬이 공을 던지기를 기다렸다.

"허어!"

김남구 감독의 입에서 감탄이 흘러나왔다.

그의 입에서 자신도 모르게 신음이 새어 나온 것은 강찬이 일곱 번째 공을 던졌을 때였다.

처음 6개의 공이 위력적으로 떨어졌어도 그는 고개만 끄덕였을 뿐 아무런 반응을 보이지 않았었다.

오랜 경력과 관록을 지닌 김 감독은 자신의 심리 상태를 쉽게 내보이지 않을 만큼 음흉한 능구렁이였다.

그러나 그런 그도 자신의 주문대로 완벽하게 공이 떨어지자 감탄을 뿜어낼 수밖에 없었다.

김 감독이 직접 나서기까지 강찬이 던진 공은 2개의 커브와 2개의 슬라이더, 2개의 체인지업이었다.

6개가 모두 스트라이크존을 통과했고 볼은 하나도 없었다.

물론 코스가 모두 달랐기 때문에 강찬이 원하는 코스로 던진 것인지 알 수는 없었다.

김 감독이 직접 나선 것은 그런 이유 때문이었다.

예리하게 떨어지는 각도는 충분히 위협적이었으나 그런 공들이 원하는 코스로 제대로 코너워크가 되는가를 알아봐야 했다.

그랬기에 김 감독은 강찬을 향해 소리를 질렀다.

"슬라이더, 가운데."

포수가 사인으로 보낼 오더를 감독이 직접 소리쳤으니 모든 사람이 강찬의 투구를 주시했다.

어느새 테스트장에 있는 모든 사람은 강찬의 투구를 지켜보는 중이었다.

테스트를 돕기 위해 나온 2군 선수들을 비롯해서 코치들, 구단 관계자들은 마지막 테스트를 받고 있는 강찬의 투구를 지켜보며 옆 사람과 의견을 나누는 중이었다.

강찬의 변화구는 구장에 있는 모든 사람의 시선을 단숨에 잡아놓을 만큼 위력적이었다.

자신의 지시에 강찬이 완벽하게 슬라이더를 가운데로 찔러 넣자 기어코 김 감독의 입에서 탄성이 흘러나왔다.

슬라이더를 가운데로 던진다는 것이 얼마나 어려운 것인지 직접 경험해 보지 않은 사람은 모른다.

구질상 외곽으로 흘러나가는 슬라이더를 한복판에 던지기 위해서는 거의 타자를 맞힐 정도로 바짝 안쪽을 겨냥해야 되기 때문이다.

그만큼 배짱이 있어야 했고 컨트롤도 좋아야 했다.

물론 강찬이 타자가 들어선 후에도 이런 공을 던질 수 있는지는 모르겠다.

하지만 자신의 지시에 조금의 흔들림도 없이 투구를 하는 걸 보면 타자가 있다 해도 던질 수 있는 배짱을 지녔을 것이란 판단이 들었다.

탄성은 금방 숨겨 버렸다.

겨우 솜털도 벗지 않은 놈의 공을 보면서 연신 감탄을 터뜨릴 만큼 그의 배포는 작지 않았다.

계속해서 원하는 공을 주문했다.

바깥쪽 무릎 밑으로 들어가는 체인지업. 타자의 가슴 바로 밑 높이의 커브.

거의 볼에 가까운 코스를 주문했지만 강찬의 공은 김 감독이 원하는 곳으로 정확하게 파고들었다.

거의 열 개의 공을 주문해서 던지게 만든 김 감독이 강찬에게 손을 흔들며 수고했다는 표시를 하고 돌아섰다.

그러자 포수 뒤쪽에서 계속 관찰하고 있던 황인호가 급하게 김 감독 쪽으로 뛰어왔다.

옆쪽에서 장혁태가 급히 따라붙었지만 김 감독은 담배를 빼어 물며 잠시 동안 아무 말도 하지 않았다.

리더는 자신의 속내를 다른 사람에게 쉽게 노출시키면 안 된다는 약속을 충실히 지키려는 듯 그는 황인호가 다가올 때까지 담배만 피웠다.

그의 입이 열린 것은 황인호가 다가와 자신의 옆에 섰을 때였다.

"어때?"

"감독님은요?"

"난 네 눈으로 본 걸 듣고 싶은 거야. 그러니까 네 의견부터 말해봐."

무슨 뜻인지 명확해졌다.

김남구 감독은 후배지만 최고의 스카우터로 손꼽히는 황인호의 의견부터 들은 후 자신의 의견을 말할 생각인 것 같았다.

그랬기에 황인호는 슬쩍 고개를 끄덕인 후 입을 열었다.

“변화구 하나만은 최곱니다. 완벽한 제구력에 컨트롤도 발군입니다. 이 정도면 1군에서도 충분히 통할 것 같습니다.”

“거짓말하지 마.”

“예?”

“저 정도 공은 1군에서 절대 통하지 못해. 그건 너도 잘 알잖아.”

“직구를 말하는 거군요.”

자신을 향해 날아오는 김 감독의 담배 연기를 피하면서 황인호가 중얼거리듯 말했다.

하긴 맞는 말이다.

변화구 하나만을 놓고 본다면 거의 완벽에 가까운 제구력과 위력이 있었지만 패스트볼이 뒷받침되지 않는 이상 저 변화구는 반쪽에 불과했다.

산전수전 다 겪은 1군의 타격머신들은 130㎞/h도 안 되는 변화구가 계속해서 들어온다면 3회가 지나지 않아 박살을 낼 수 있을 것이다.

세상을 오래 살다 보니 사람의 말에서 그가 가지고 있는 생각을 짚어낼 능력이 생겼다.

지금의 김남구 감독은 강찬을 계륵처럼 생각하는 것이 틀림없었다.

직구는 형편없고 변화구만 뛰어난 투수.

그의 말대로 반쪽에 불과했고 효용성을 생각해 본다면 뽑지 않는 것이 맞을지도 몰랐다.

아무리 변화구가 뛰어나다 해도 위력적인 패스트볼이 없다면 강찬의 장래성은 제로에 가까운 것이었다.

김 감독의 말이 무엇을 뜻하는지 너무나 잘 알지만 그럼에도 황인호는 시선을 피하지 않고 계속해서 말을 이어나갔다.

이대로 물러선다면 강찬은 연습생 테스트에서 탈락할 가능성이 너무 컸다.

"감독님, 전 저놈을 반드시 뽑아야 된다고 생각합니다."

"아쉽지만 반쪽이다. 반쪽 가지고는 아무것도 못 해."

"그래도 뽑아야 합니다."

"이유는?"

"저 정도의 변화구를 구사하는 놈은 드뭅니다. 실전에 투입하지 못할 수도 있으나 타자들에게는 엄청난 도움이 될 겁니다. 그리고 잠시 이야기를 나눴더니 어깨가 회복된 지 1년밖에 안 된다고 합니다. 혹시 모르잖습니까. 어깨가 좋아져서 패스트볼이 살아난다면 우린 대박을 건지게 됩니다. 그러니 충분히 뽑을 가치가 있습니다."

황인호는 자신의 주장을 굽힐 생각이 전혀 없는 것 같았다.

다른 때 같았으면 일단 뒤로 후퇴했다가 천천히 설득해서 자신의 주장을 관철시키는 수법을 썼었는데 지금의 황인호는 강경 일변도였다.

김남구 감독의 눈이 장혁태에게 돌아갔다.

워낙 강경한 황인호의 주장에 수족 같은 장혁태의 의견이 따라붙는다면 선택은 훨씬 편해질 수 있었다.

사실 그도 상당히 고민하는 중이었다.

황인호나 장혁태는 책임이 없지만 그는 테스트에 대한 최종 책임을 지고 있는 사람이었다.

만약에 뽑은 연습생이 사고를 치거나 중간에서 그만둔다면 그는 혼자서 모든 책임을 뒤집어써야 했다.

그랬기에 장혁태를 바라보는 그의 시선은 고정되지 못하고 흔들렸다.

"장 코치 생각은 어때?"

"저도 황 형 말에 일리가 있다고 생각합니다. 2심에서 볼 때보다 변화구의 위력이 훨씬 좋았습니다. 저 정도의 공을 미리 던졌다면 간단하게 최종 테스트에 올라왔을 텐데 이상하군요."

원하지 않는 대답이기도 했지만 한편으로는 원하는 대답이기도 했다.

뽑고 싶기도 했고 단칼에 잘라 버리고도 싶었으니 어느 대답이든 결정하는 데 도움이 되었다.

마음이 정해지면 결정은 칼같이 이루어져야 한다.

망설이는 모습을 보이는 것은 리더가 하지 많아야 할 가장 커다란 행동이었다.

"좋아, 그럼 뽑는 걸로 하지. 아까 2루수 보던 놈하고 이강찬, 이 둘을 뽑는 걸로 할 테니 애들한테 알려줘. 구단한테는 내가 말할 테니까."

"그렇게 하겠습니다."

"이거 원, 뽑고도 즐겁지 않군. 반쪽짜리들만 뽑았으니 머리가 지끈지끈 아프다. 나중에 짐이 되면 너하고 너 둘이 책임지도록."

뽑힐지도 모른다고 생각했지만 막상 테스트에 통과했다는 소리를 듣자 아무런 생각도 나지 않았다.

자신의 공을 받아주었던 임관이 축하한다는 소릴 하며 어깨를 치고 지나갈 때서야 무턱대고 아무나한테 고맙다는 인사를 하기 시작했다.

다가온 황인호에게 고개를 숙였고 장혁태를 향해서는 허리를 구십도로 숙였다.

모든 것이 고맙고 감사했다.

다시 공을 던질 수 있게 되었다는 사실 하나만으로도 세상 모든 것이 내 것처럼 느껴졌다.

모든 이의 환영을 받으며 거액의 계약금을 받고 입단한 것보다 훨씬 감격적이었으며 훨씬 기뻤다.

수없이 많은 고통과 시련 속에서 참고 참았던 눈물이 자신도 모르게 흘러나왔다.

이제 시작이다.

아직 완전한 어깨가 아니었으나 이제 본격적인 훈련을 하게 되었으니 훨씬 빠르게 어깨가 호전될 거란 희망이 차올랐다.

쉽지 않다는 것도 안다.

하지만 나는 지금까지 한 번도 포기를 모르고 살아왔으며 될 때까지 치열하게 싸워왔다.

다시 살아난 생명, 다시 살아난 꿈.

그 꿈을 위해 나는 불꽃처럼 살아갈 테다.

제3장
각성

세상을 살다 보면 맹목적으로 도와주는 사람이 하나둘씩 생기는데 강찬에게는 황인호가 바로 그런 사람이었다.

그는 강찬이 테스트 합격에 대한 기쁨에 젖어 모두가 떠나버린 구장에 멍하니 있을 때 천천히 다가와 말을 붙였다.

"안 갈 거냐?"

"고맙습니다, 선생님."

"나한테 왜 고맙냐. 네가 잘한 건데."

"그래도……."

"밥이라도 사주고 싶은데 오늘 너 때문에 술 약속을 해놔서 어렵겠다. 그런데 지금 어디에 있냐?"

"무슨 말씀이신지?"

"집이 청주잖아. 아직도 청주에서 사냔 뜻이다."

"아닙니다. 대전에 있습니다."

"대전에서 뭐했는데?"

"아파트 현장에서 일하고 있었습니다."

"잠은?"

"…여관에서"

"환장하겠군."

강찬의 대답에 황인호가 혀를 연신 차댔다.

테스트에 합격했으니 야구 협회에 연습생으로 신고가 되고 구단에서 월급도 받겠지만 몇 푼 되지 않으니 여관 생활을 하려면 밤에 아르바이트라도 뛰어야 살아갈 수 있다.

아마, 황인호가 강찬에게 다가온 것은 이러한 사실을 확인하기 위해서였을 것이다.

그는 3년 전부터 강찬을 면밀히 조사했기 때문에 고아란 사실도 알았고 불의의 부상으로 떠돌아다녀 지닌 돈도 없을 거란 생각을 했다.

연고도 없는 놈이 대전에 산다면 불을 보듯 뻔한 일이었다.

그의 힘이 작용하기 시작한 건 강찬의 답을 들은 후부터였다.

먼저 약속 장소로 떠난 투수코치 장혁태에게 강찬의 처지를 설명하고 숙소를 하나 빼달라는 사정을 했다. 수화기 너머로 장혁태가 어렵다는 소릴 하는 것이 들렸으나 황인호는 막무가내였다.

2군 숙소는 정식으로 등록된 선수들에 한해서 사용이 가능했는데 황인호는 김남구 감독한테 허락을 받았다며 장혁태를 압박해서 기어코 반쯤 허락을 받아냈다.

통화를 끝낸 황인호는 곧장 구단 사무실로 전화를 때렸다.

코치진과 상의가 끝났으니 이번 테스트에 합격한 이강찬을 숙소에 넣어야 한다는 통보 전화였다.

당장 내일부터 사용해야 되니 물품을 정리해 달라며 일사천리로 필요 사항에 대해서 주문을 했다.

이쯤 되면 사기, 공갈에 협박까지 대충 웬만한 범죄는 다 동원된 거다.

강찬이 놀란 눈을 감추지 못하고 서 있자 통화를 모두 끝낸 황인호가 환하게 웃었다.

"내일 구단에 가서 네 이름 말하고 들어가면 될 거다. 감독님하고 장 코치는 내가 오늘 술로 완전히 보내놓을 테니 걱정하지 말고."

"선생님, 정말 감사합니다."

"그런데 말이다, 이강찬."

"말씀하십시오."

"정말 그 어깨 괜찮은 거냐?"

"예, 괜찮습니다."

"나한테는 거짓말하면 안 돼. 어깨가 괜찮아졌는데 왜 직구가 그 모양이야?"

"거짓말 아닙니다. 회복은 다 됐는데 투구하면서 아직 힘이 붙지 못하고 있습니다. 시간이 지나면 좋아질 겁니다."

"얼마나?"

"그건……."

강찬이 대답을 못 하고 우물쭈물하자 황인호가 고개를 좌우로 흔들었다.

이놈은 거짓말을 하고 있는 것 같았다.

그 정도의 부상을 입고도 불사조처럼 재기에 성공한 것은 진정 대단한 일이었고 뛰어난 위력을 지닌 변화구를 장착하고 나타났으니 정말 불가사의한 일이라고 볼 수도 있었다.

하지만 그게 다일 것이다.

한번 부상당한 어깨는 패스트볼에 치명적인 약점이 있다.

부상을 유발시키는 것은 변화구였지만 부상에서 회복되었을 때 가장 던지기 힘든 것이 직구였다.

망가졌던 근육이 회복된다 하더라도 패스트볼을 던지기 위해서는 모든 신경세포가 팽팽히 당겨져야 하는데 고장 난 근육은 그러지를 못한다.

인간의 신체는 오묘해서 한번 고장이 나면 의지와 상관없이 최대치를 쓰지 못하도록 제어하는 기능이 있기 때문이었다.

그럼에도 황인호는 강찬의 상태를 더 이상 캐묻지 않았다.

숨기고자 노력하는 것을 억지로 끌어내어 부끄럽게 만드는 것은 그의 성격에 맞지 않는 짓이었다.

더군다나 강찬에게 충분히 감동도 받았으니 그런 마음이 더욱 들었다.

죽음과 같은 절망에서 빠져나온 이 젊은 친구에게 뭔가 희망을 줄 수만 있다면 그것으로 족하다.

"나는 스카우터다. 스카우터는 직접 야구를 하는 사람은 아니지만 누구보다 선수들을 보는 눈이 뛰어나다. 그리고 선수들의 장점과 단점을 완벽하게 분석하는 능력도 있다. 너도 알다시피 너에게는 치명적인 약점이 있다. 바로 패스트볼의 구속이 변화구를 받쳐 주지 못한다는 것이다. 그러나 나한테는 그걸 극복할 수 있는 방안이 있다. 어떠냐, 들어볼 테냐?"

"예, 선생님."

"네 커브가 뛰어나다는 것은 인정한다. 그 정도의 커브라면 아마 1군에서 뛰는 투수 중에서도 상위에 속할 거다. 하지만 패스트볼이 약한 너는 절대 그들과 상대할 수가 없으니 또

다른 훈련이 필요하다."

"어떤 훈련 말입니까?"

"변화구의 속도 변화다. 너의 변화구는 완벽한 컨트롤을 가지고 있었다. 더군다나 너의 커브는 파워커브에 속할 만큼 속도가 뛰어났다. 하지만 일정한 속도의 변화구는 아무리 낙차가 커도 난타를 당할 가능성이 크다. 그러니 너는 패스트볼을 포기하고 슬로커브와 파워커브를 완벽하게 조화시켜야 한다. 마음먹은 대로 속도를 조절해서 변화구를 던질 수만 있다면 어떤 타자도 네 공을 쉽게 때려내지 못할 것이다."

"아……."

"또 한 가지. 타자의 심리 상태 분석 훈련을 해야 한다. 타자가 어떤 공을 원하는지, 타자가 좋아하는 구질이 무엇인지. 타자가 좋아하는 높이와 볼카운트를 알게 되면 반쯤 이기고 들어간다. 그렇게 되면 그때 너는 볼의 미학을 배우게 될 것이다."

"볼의 미학이 무엇입니까?"

"테스트에서 네가 보여준 것처럼 스트라이크만 던져서는 훌륭한 투수가 될 수 없다. 타자의 심리를 파악하게 되면 스트라이크보다 훨씬 강력한 위력을 나타내는 것이 바로 볼이다. 볼을 던질 줄 알게 되면 그때서야 너는 진정한 투수가 될 수 있다. 만약 네가 이 두 가지를 완벽하게 익힐 수만 있다면 너는 연습생 신분을 벗어던지고 1군으로 올라갈 수 있을지도 모른다."

"…네, 알겠습니다. 주옥같은 충고 감사드립니다."

충격을 받았기 때문인지 강찬의 음성은 떨려 나왔다.

이래서 사람은 배워야 한다.

무턱대고 위력이 뛰어난 공만 던지면 된다고 생각한 자신이 부끄러워졌다.

고교 시절 변화구를 3단계 속도별로 익힌 적이 있었다.

하지만 그 당시에는 워낙 뛰어난 패스트볼을 지니고 있었기 때문에 그에 대한 효용 가치가 그리 크지 않았었다.

더군다나 지금처럼 완벽하게 변화구를 익힌 것이 아니었기 때문에 안타의 대부분을 변화구에서 얻어맞았다.

아마, 그런 이유들 때문에 속도에 대한 고정관념을 가진 모양이었다.

혜원 스님의 은혜로 인해 어깨가 정상으로 돌아온 이후 강찬은 빠른 공을 던지기 위해 부단한 노력을 했다.

변화구의 속도가 일정한 것은 그런 이유 때문이었다.

뭔가 한 가지에 모든 정신이 집중되면 다른 것을 생각할 여유가 사라지는데 강찬은 오직 빠른 속도와 29개의 과녁을 맞추는 컨트롤에만 온 정신을 집중시켰다.

머리에서 섬광이 터지는 것 같은 충격으로 인해 강찬은 자신의 어깨를 두드린 후 등을 보이며 걸어가는 황인호에게 인사조차 제대로 하지 못했다.

이런 걸 보고 사람들은 각성이란 표현을 하는지 모르겠다.

한참이 지난 후 이제 손톱만 하게 보이는 황인호의 뒷모습을 향해 강찬은 최대한 공손하게 고개를 숙여 인사를 했다.

은인이고 스승이다.

앞으로 은혜를 갚아야 할 사람이 늘어났으니 가슴에 또 하나의 이름을 새겨놓아야 한다.

어느새 날은 어두워지며 붉은 노을을 만들고 있었다.

새로운 명제, 새로운 각오.

몰라서 못 한 것일 뿐 이제 알게 되었으니 예전처럼 미친 듯 노력할 것이다.

패스트볼이 없어도 뛰어난 투수가 될 수 있다는 것을 세상 사람들에게 보여줄 수만 있다면 나는 무슨 짓이라도 한다.

* * *

대전으로 돌아가지 않고 서산에 있는 여관에서 잠을 잔 강찬은 아침 일찍 서둘러 밥을 먹은 후 구장으로 향했다.

이글스의 2군 구장은 서산에 있었기 때문에 대전에서는 1

시간이나 걸리는 거리였다.

이제 이곳 숙소에서 생활을 하게 되면 은서를 보기는 어려울 것 같았다.

은서와 헤어진 후 강찬은 보고 싶을 때마다 학교를 찾아 몰래 그녀의 모습을 보다가 오곤 했다.

만나서 차도 마시고 밥도 먹고 싶었으나 그리되면 은서의 귀중한 시간을 뺏을 것 같아 그렇게 하지 못했다.

망설이는 걸음으로 클럽하우스 문을 열고 들어서서 사무실로 향하자 서류철을 들고 막 일어서던 아가씨가 시선을 던져 왔다.

그녀는 문을 열고 들어서는 강찬을 확인한 후 놀란 눈을 했다가 자신의 실수를 깨달은 듯 급히 입을 열었다.

늘씬한 몸매에 수준급의 미모를 가진 여자였다.

"어떻게 오셨죠?"

"저는 이강찬입니다. 오늘부터 여기 숙소를 사용하라고 해서 왔습니다."

"아, 그렇군요. 연락 받았어요. 이강찬 선수는 412호를 쓰라고 하셨습니다. 여기, 키 받으세요. 장 코치님이 오시면 짐만 풀고 실내 훈련장으로 내려오라고 하셨어요. 연습 시작한지 꽤 되었으니 서둘러야 될 거예요."

"고맙습니다."

허스키의 음성이 묘한 매력을 뿜어냈다.

약간은 높은 음을 가졌는데 사람의 귀에 정확히 틀어박히는 목소리였다.

강찬은 그녀가 내민 키를 받아들고 가볍게 목례를 취했다.

눈치로 때려봤을 때 그녀는 이곳 숙소를 관리하는 사무실 직원으로 보였다.

첫날부터 늦을 수는 없으니 급히 움직여야 했다.

여직원의 말처럼 장혁태가 기다리고 있다면 늦장 부렸다가는 찍힐지도 모를 일이었다.

4층으로 올라간 강찬은 12호실을 찾은 후 문을 열고 들어섰다.

숙소의 외관은 호텔처럼 깨끗했지만 막상 숙소는 그렇게 럭셔리하지는 않았다.

방을 구경할 새도 없이 강찬은 들고 온 짐을 던져 놓고 서둘러 방을 나섰다.

실내 연습장은 숙소와 나란히 붙어 있는 건물이었는데 이글스의 로고가 흰 바탕에 커다랗게 쓰여 있었다.

실내 연습장으로 들어서자 많은 선수들이 눈에 들어왔다.

선수들의 몸은 벌써 땀으로 흠뻑 젖어 있었는데 아침부터 강한 훈련을 한 모양이었다.

2군 선수들이 뛰는 퓨처스리그는 9월 초에 마무리되기 때문에 내년 시즌이 시작되는 4월까지는 죽도록 훈련을 해야 하는 시간이다.

물론 이중에는 가뭄에 콩 나듯이 1군으로 올라가는 선수들도 있을 테지만 그런 경우는 1년에 한두 명만이 가능하다.

그런데도 이렇게 굵은 땀방울을 흘리는 것은 그 한두 명에 포함되기 위해서였다.

3년 동안 산에서만 살았기 때문에 선수들에 대한 정보는 거의 전무한 상태였으니 앞으로 선수들이 다가오면 인사부터 했다.

누가 선밴지 알 수 없는 상태에서는 먼저 인사해서 나쁠 것이 없었다.

2군이었고 매년 신인 드래프트에서 뽑힌 유망주들이 들어왔기 때문에 꽤 많은 수가 자신보다 어릴 테지만 연습생으로 들어온 이상 나이는 상관하지 않는 게 좋았다.

운이 좋았던지 자신의 공을 받아준 임관이 앞에서 다가오는 것이 보였다.

그의 몸도 다른 선수들처럼 땀으로 범벅이 된 상태였다.

"선배님, 안녕하십니까."

"어이, 강찬 씨. 어서 와. 그런데 늦었네?"

"어제 9시까지 오면 된다고 들었는데 제가 잘못 들은 건가요?"

"아냐, 분명 그렇게 전했을 거야. 하지만 이렇게 늦어서야 쓰나. 연습생이 말이야."

"죄송합니다."

"어쨌든 일단 깨질 각오해. 잘못하면 쪼인트 까질지도 모르니까 조심하고."

"장 코치님이 기다리신다고 했는데 혹시 어디 계신지 아십니까?"

"연습 마운드 쪽에 계셔. 저쪽이니까 빨리 가봐."

임관이 손을 휘휘 내두르며 빨리 가보란 시늉을 했다.

그는 강찬이 코치한테 깨질 거란 확신을 가지고 있는 것 같았는데 얼굴에는 말과 전혀 어울리지 않는 웃음이 매달려 있었다.

잘못한 것이 없는데도 임관이 그렇게 나오자 강찬의 발걸음이 빨라졌다.

연습 마운드는 실내 연습장의 끝 쪽에 별도로 마련되어 있었고 장혁태는 7명의 투수를 모아놓은 채 뭔가를 이야기하는 중이었다.

장혁태를 확인한 강찬이 걷던 것을 바꾸어 뛰기 시작했다.

늦었다는 마음이 들었으니 조금이라도 만회하는 모습을 보일 필요성이 있었다.

하지만 장혁태는 뛰어오는 강찬을 멀뚱하게 바라볼 뿐이

었다.

"넌 아침부터 왜 뛰어다니냐?"

"죄송합니다."

"뭐가?"

"늦어서 죄송합니다."

"늦긴 뭐가 늦어? 9시 될라면 아직 멀었는데. 그리고 여긴 왜 왔어? 내가 분명히 최민영 씨한테 사무실에서 기다리라고 말해줬는데 그렇게 말 안 해?"

"실내 연습장으로 가라고 하던데요. 연습 시작한 지 오래 됐다고 서두르라면서……."

"이놈의 지지배가 또 장난기가 도졌구만. 선수를 관리하랬더니 사내 관리를 하고 있어. 하여간 잘생긴 놈만 보면 지지배들은 그냥 못 넘어가는 모양이다."

장혁태가 사정없이 말을 까대자 훈시를 듣던 선수들이 킥킥댔다.

최민영은 그룹 오너 일가의 누군가에 의해 낙하산으로 떨어져 왔다고 알려졌는데 선수들 관리와 2군에 대한 홍보를 전담했다.

더군다나 똑소리가 나도록 두뇌가 명석해서 장혁태는 몇 번 그녀와 말씨름을 했다가 된통 당한 적이 있었다.

그럼에도 꼼짝하지 못한 것은 그녀의 정체를 알지 못했기 때문이었다.

판을 크게 벌였다가 정말 오너 일가와 연관되어 있으면 명줄이 잘리는 건 시간문제니 말이다.

그랬으니 장혁태는 그녀 앞에서는 찍소리도 못하다가 이런 경우가 생기면 사정없이 내갈기곤 했는데 말해놓고도 주변을 두리번거려 듣는 사람으로 하여금 웃음보가 터지게 만들었다.

장혁태의 말이 이어진 것은 눈알을 부라려서 선수들의 웃음을 그치게 만든 후였다.

"유니폼도 없는 놈이 무슨 훈련을 한다고 여길 내려와. 서류 정리도 해야 하고 훈련에 필요한 사항도 알려줄 게 있으니까 일단 사무실에 가 있어."

장혁태의 잔소리를 듣고 클럽하우스로 돌아와 사무실로 들어서자 십여 명의 직원이 일에 파묻혀 있는 것이 보였다.

선수들은 공을 만졌지만 그들은 서류를 만지고 있었다.

최민영이 웃으며 다가온 것은 강찬이 주춤거리며 사무실을 두리번거릴 때였다.

그녀의 얼굴에 들어 있는 웃음은 악의적인 것이 아니라 장난기가 배어 있었는데 막상 그 모습을 보게 되자 그동안의 미움이 눈 녹듯 사라졌다.

"생각보다 빨리 왔네요?"

"누가 중간에 기름까지 쳐서 뛰어다녔거든요. 그런데 말입니다, 이렇게 하면 재밌어요?"

"화났나요? 놀리려고 그랬던 건 아니에요. 그러니까 화내지 마요."

"그럼 뭡니까?"

"강찬 씨도 봤겠지만 여긴 너무 삭막해요. 경쟁에 치여서 인간 본연의 감정이 많이 무뎌져 있어요. 그래서 처음 온 강찬 씨에게 일부러 그랬어요. 제가 이런 장난이라도 쳐야 강찬 씨가 이곳도 사람 사는 데라고 생각할 것 같아서요."

"핑계가 좋군요."

"정식으로 인사하죠. 전 최민영이에요. 선수 관리와 홍보를 맡고 있으니까 앞으로 강찬 씨에 관한 모든 것도 내가 도맡아서 할 거예요. 불편한 점 있으면 언제든지 나한테 말하면 최선을 다해서 도울게요."

"…알았습니다."

"서류 작성해야 된다는 말 들으셨죠? 이것저것 쓸 게 조금 많아요."

부산하게 움직이는 그녀를 보며 강찬은 살며시 한숨을 내리쉬었다.

긴 생머리를 휘날리며 각종 서류를 챙겨 드는 그녀의 목덜미가 사슴처럼 길게 느껴졌다.

그녀가 시키는 대로 서류를 작성하고 사인도 했다.

연습생에 불과했음에도 구단에서 원하는 서류는 의외로 많았다.

장혁태가 사무실로 들어선 것은 강찬이 쓴 서류를 최민영이 꼼꼼히 확인하고 서류 봉투에 집어넣을 때였다.

"어이, 예쁜 민영 씨 오늘 컨디션은 어때?"

"그 말 하지 말라고 했잖아요. 무슨 말 할 때 어이, 어이 하는 거 무척 듣기 싫다니까요."

"쩝, 아침부터 잔소리하는 걸 보니 컨디션 안 좋은가 보네. 잘생긴 놈도 왔는데 하루 정도는 방글방글 웃어줘라."

"코치님, 저도 귀 있거든요!"

"무슨 귀?"

"코치님이 내 욕하고 다닌다는 거 내가 모를 줄 알아요? 그러는 거 아니에요."

"허어, 욕은 내가 무슨 욕을 했다고. 설마 내가 그런 짓을 했겠어? 막냇동생 같은 민영 씨한테!"

"그러니까 말이죠."

변명을 해도 통하지 않는다.

하긴 변명을 해놓고도 찜찜하긴 했다.

당장 눈앞에 있는 강찬 이놈도 뒷다마 까는 걸 들었으니까 오리발을 내밀면서 그리 당당하지 못했다.

그나저나 어떤 놈들이 그런 고자질을…….

전부 제자들이라고 생각했는데 여자 앞에서는 스승의 은혜고 나발이고 필요가 없는 모양이었다.

손이 저절로 머리 쪽을 향했다.

할 말이 없으면 자신도 모르게 머리를 쓰다듬었다.

이런 버릇을 알고 고치려 애를 썼지만 결정적인 순간에는 본능적으로 손은 머리를 향했다.

그 모습에 최민영이 자리에서 일어나며 혀를 찼다.

그녀 역시 그의 버릇을 잘 알고 있는 것 같았다.

"커피 드려요?"

"아이고, 나야 고맙지. 그래도 민영 씨가 있어서 다행이야. 이런 삭막한 곳에 아름다운 민영 씨가 턱하니 중심 잡고 있어서 이글스가 비상하는 거 아니겠어. 민영 씨는 우리 이글스의 마스코트야."

"입술에 침이나 바르세요."

오늘 컨디션이 나쁘다고 한 건 취소다.

스스로 커피 타주겠다는 소리는 2군으로 발령받은 후 지난 3년 동안 처음 들어봤다.

더군다나 최민영은 오너 일가와 관계있는 것으로 알려져 있었고 구단 프런트를 실질적으로 관리하는 팀장이었기 때문에 커피 타달라는 소리는 입 밖에도 내지 못했다.

워낙 나이 차이가 많이 나서 말은 놓고 있었지만 일로 부딪치면 백전백패할 만큼 파워 면에서도 차이가 났다.

그녀의 파워는 감독조차 어쩌지 못할 만큼 막강했다.

그런 그녀가 커피까지 타준다고 한 것은 분명 눈앞에 앉아 있는 강찬 때문일 것이다.

강찬 이놈은 자신이 봐도 정말 잘생겼으니 여자들의 관심을 받기에 충분했다.

언제 그랬냐는 듯 장혁태가 너스레를 떨자 최민영의 얼굴에서 사라졌던 미소가 다시 살아났다.

최민영은 그냥도 예뻤지만 미소가 아름다운 여자였다.

그녀가 차를 가지러 간 동안 장혁태는 강찬 앞에 훈련 스케줄을 꺼내 놨다.

스케줄은 투수용이었는데 아침 9부터 오후 4시까지 시간표가 적혀 있었다.

트레이닝, 피칭, 수비, 심리 분석 등 투수한테 필요한 모든 것이 빽빽이 적혀 있는 스케줄이었다.

"공식적인 훈련은 적혀 있는 대로 오후 4시면 끝난다. 하지만 네가 오늘 본 것처럼 훈련에는 정해진 시간이 없다. 아침 일찍 나와서 훈련하는 애들도 많고 저녁 늦게까지 잠을 자지 않는 놈들도 많다. 한마디로 여긴 지옥이다. 목숨을 걸고 싸우는 놈들의 전쟁터란 말이다."

"저는 지지 않을 자신이 있습니다."

"어제 술자리에서 황 형이 너한테 한 말을 나한테 해주더라. 그래서 내가 스카우터 하지 말고 코치 하라며 소릴 고래고래 질렀다."

"…네."

"하지만 그의 말은 정확하게 짚은 것이다. 너처럼 속구가 약한 놈은 결국 살아남는 방법이 그것밖에 없다는 것을 명심하고 또 명심해라."

"믿어주십시오. 최선을 다하겠습니다."

"믿는 것은 나한테 달린 것이 아니라 너한테 달렸다. 잔인하게 들리겠지만 연습생은 짧게는 1년이고 길어봐야 2년밖에 시간이 없다. 그 시간 내에 실력을 끌어 올려 계약에 성공하지 못하면 너는 빈손으로 이곳을 나가야 한다. 그 말은 또다시 실패자의 길을 걸어야 한다는 뜻이다. 코치라고 해서 고등학교 때처럼 일일이 가르치지 않는다. 우리는 스케줄과 선수 관리만 할 뿐이고 실력은 너희 스스로가 키워 나가야 한단 말이다. 그러니 죽기를 각오하고 열심히 해라. 그래서 실력을 키워 당당하게 게임에 출전할 수 있기를 바란다."

* * *

첫째 날은 장혁태의 손에 이끌려 많은 곳을 돌아다녀야 했다.

같이 입단한 황병규는 타격코치인 이정훈에게 끌려다니는 중이었기 때문에 얼굴 보기가 힘들었다.

장혁태는 툭툭한 말투와는 다르게 세심한 사람이었다.

식당을 비롯해서 웨이트트레이닝실과 물리치료실, 휴식 공간 등 시설들을 일일이 안내해 줬고 영상분석실로 들어서서는 영상을 트는 방법과 각종 테이프의 활용 방안까지 자세하게 설명해 주었다.

황인호의 조언 중에서 변화구의 속도 조절은 충분히 혼자서 할 수 있는 것이었지만 타자들의 특성 분석에 대해서는 어떻게 해야 할지 암담한 생각을 하고 있었는데 이글스의 영상분석실에는 각 구단의 1, 2군 선수들에 대한 분석 자료가 빼곡하게 배치되어 있었다.

안개가 걷히듯 머리가 맑아졌다.

고민하던 것이 하루 만에 해결되었으니 저절로 마음이 가벼워졌다.

물론 하루 만에 되는 것이 아닐 테지만 시간을 두고 꾸준히 노력하면 언젠가는 타자들에 대한 데이터를 면밀하게 분석할 수 있을 것이다.

클럽하우스를 전부 돈 장혁태가 간 곳은 아침에 봤던 실내 연습장이었다.

아침에는 급한 마음에 뛰어가느라 미처 시설 규모를 돌아보지 못했는데 천천히 구경하자 저절로 탄성이 흘러나왔다.

실내 연습장 특유의 답답함을 덜어주기 위해서 한쪽을 통유리로 처리하여 자연 채광이 들어오게 했는데 얼마나 빛이 잘 들어오는지 야외에 있는 것같이 느껴질 정도였다.

지붕 높이가 25m로 세미 외야 펑고가 가능하며 미니 연습게임이 가능할 정도로 규모가 컸고 지붕엔 4개의 그물망이 있는데 이걸 내리면 4개조 4분할 세트별(수비—타격) 훈련이 가능하게 만들어놨다.

4개 그물망을 올리면 피칭머신 5개를 동시에 투입하여 타격 훈련이 가능했고 불펜 시설은 별도로 구비되어 있었다.

훈련을 하고 있던 선수들이 슬금슬금 한곳으로 보이기 시작한 것은 장혁태가 실내 연습장의 시설을 모두 설명하고 통유리가 있는 쪽으로 움직였을 때였다.

그곳에는 타격코치 이정훈이 황병규를 데리고 미리 와 있었다.

모인 선수들은 모두 40명 정도였는데 세트별로 훈련을 하다가 왔기 때문에 다 모이는 데 시간이 걸렸다.

시큰둥한 얼굴들.

아까운 시간에 모이게 만든 이유가 연습생들 때문이란 걸 아는 순간 그들의 얼굴에는 권태로움이 담겼다.

2군에서 훈련하는 선수들은 서른이 훌쩍 넘어 결혼을 해서 아이들이 있는 가장도 있었고 성적이 부진해서 1군에서 내려온 베테랑들도 있었지만 대부분은 입단 5년 차 이내의 루키들이 주를 이뤘다.

나이가 다르고 포지션이 제각각 달랐지만 그들이 가진 공통점은 분명히 존재했다.

월등한 실력으로 프로 구단 이글스에 당당히 스카우트되었다는 자존심을 가지고 있다는 것이었다.

그랬기에 그들은 강찬과 황병규가 정중하게 인사를 했어도 대충 악수만 하고 자신이 훈련하던 곳으로 돌아갔다.

그들의 불친절에 대해서 장혁태나 이정훈은 한마디도 하지 않았다.

인간들의 관계는 언제나 시간이 해결해 준다.

연습생으로 들어온 강찬이나 황병규가 어떻게 행동하느냐에 따라 이글스의 일원이 될 수도 있고 방출이 될 수도 있다는 것을 코치들은 수많은 경험을 통해 알고 있었기 때문에 선수들의 경원을 당연하게 여겼다.

그러나 단 한 사람. 임관은 달랐다.

황병규가 이정훈에 의해 타격 세트로 이동하자 기다렸다

는 듯 그는 강찬의 옆으로 다가왔다.

"어이, 연습생. 신고 모두 끝났냐?"

"그런 것 같습니다."

말이 곱게 나가지 않았다.

아침에 당한 것이 있었기 때문인데 임관이 자신을 골린 이유가 궁금했다.

하지만 그런 의문은 묻기 전에 임관의 입에서 대답이 먼저 나왔다.

"아침 일로 삐진 건 아니지?"

"아닙니다."

"목소리가 삐졌구만 뭘. 그래도 선배한테 그렇게 뚝뚝하게 대하면 안 되는 거 아냐?"

"죄송합니다."

임관이 정곡을 찔러오자 강찬의 얼굴이 흐려졌다.

당했다는 생각에 근본을 잃어버리는 실수를 하다니 이곳에 적응하려면 고생깨나 해야 될 것 같다.

그러나 임관은 강찬의 사과에 유쾌한 웃음을 지어 보였다.

"난 널 무척 잘 안다. 여기서 처음 본 게 아닌데 너는 날 못 알아보더라."

"그게 무슨……."

"신일고 4번 타자 임관, 그래도 기억 안 나? 3년 전 청룡기 때 너한테 박살 나게 깨지고 돌아서서 꺼이꺼이 운 게 아직도 생생한데 너는 까맣게 잊고 있었단 말이군."

기가 막힌 일이다.

그러고 보니 청룡기 때 유독 덩치가 좋았던 신일고의 포수가 생각났다.

그 당시 신일고는 세광고한테 6회 콜드게임패를 당해서 16강에 올라가지 못했었다.

나한테 악감정이 남아 있었던 걸까?

그런 건 아닌 것 같다.

임관의 얼굴에 매달려 있는 웃음은 악의가 전혀 담겨 있지 않았다.

"아침에 너한테 장난한 건 날 물 먹인 것에 대한 복수였다. 어때, 이해할 거지?"

"그렇군요."

"계속 존댓말 쓸 거냐? 나는 너와 친구 먹고 싶은데 싫은가 보지?"

빤히 쳐다보는 임관의 눈이 곰처럼 우직했다.

몸통도 그런데 성격도 잔수를 모르는 놈 같았다.

그랬기에 강찬은 피식 웃고 말았다.

남자의 품격이나 강단, 성격을 논하자면 강찬도 누구에게 떨어지지 않는다.

왕년에는 주먹질도 제법 해서 누구도 무서워한 적이 없었다.

적이라면 모를까 친구가 되겠다는 놈을 내친 적도 없다.

강찬의 입에서 거침없는 목소리가 튀어나온 것은 자신을 똑바로 쳐다보는 임관의 눈이 흔들릴 때였다.

"고맙다. 너에게 멋진 친구가 되도록 노력하겠다. 임관, 우리 멋지게 지내보자."

*　　*　　*

이글스의 서산구장 클럽하우스는 국내에서 유일하게 1인 1실의 숙소가 배정되었다.

지은 지 3년밖에 지나지 않았기 때문에 건물도 깨끗했고 식당 밥도 맛있기로 유명해서 타 구단 선수들의 부러움을 한 몸에 받았다.

강찬은 오후 마무리 훈련에 참여해서 전술훈련을 받은 후 막내의 임무인 장비를 치우느라 구슬땀을 흘렸다.

훈련 장비는 대부분 팀에서 제일 늦게 입단한 선수들이 도맡아서 치우는 게 룰이라고 했는데 임관은 막내급에서 벗어난 짬밥이었음에도 강찬을 위해 남았다.

임관은 곰처럼 탄탄한 체격을 가졌는데 이야기를 나누다 보니 솔직했고 뭔가를 뒤로 숨기는 걸 극히 싫어했다.

장비를 다 치우고 샤워를 한 후 강찬은 임관과 함께 주경기장으로 향했다.

푸른색의 다이아몬드.

언덕을 넘어 정상에 서자 관중석까지 마련된 경기장이 한눈에 들어왔다.

정말 멋들어진 경기장이었다.

"어떠냐, 멋있지?"

"그래, 대단하구나."

"여기가 우리의 홈구장이야. 내년 4월에 리그가 시작되면 함성으로 뒤덮이게 된다. 생각만 해도 가슴 떨리지 않아?"

"뛰어봤냐?"

"아직, 하지만 내년에는 반드시 뛴다."

임관의 눈에서 불꽃이 튀는 것 같았다.

어스름한 석양 속에서 그는 마운드를 바라보며 결의를 다지고 있었다.

그래, 그런 마음으로 준비하면 반드시 될 것이다.

"임관."

"왜?"

"내 공을 받아줘라."

"언제든지 받아주지."

"연습장 말고 저곳에서. 내년 리그가 시작되면 저곳에서 내 공을 받으란 말이다."

"푸하하, 꿈이 좋구나."

"농담이 아니야. 너는 반드시 내 공을 받게 될 테니 준비 잘해놔!"

* * *

강찬은 동일한 속도로 구사하던 커브와 슬라이더를 속도별로 구분해서 던지는 훈련을 매일같이 반복했다.

하지만 그러한 노력은 쉽게 성과를 보여주지 않았다.

128㎞/h에서는 날카롭게 제구되며 떨어지던 변화구가 속도를 늦추자 제멋대로 날아갔다.

환장하고 펄쩍 뛸 일이었다.

단순하게 속도만 줄였을 뿐인데 그렇게 완벽했던 제구가 마음대로 되지 않으니 가슴이 철렁 내려앉았다. 더군다나 예리했던 각도가 밋밋하게 변하며 타격하기 딱 좋을 정도로 홈플레이트를 통과했기 때문에 강찬은 밤에 잠을 이루지 못할 정도의 고민에 빠지고 말았다.

쉽지 않을 거라 예상을 했지만 결과는 훨씬 나쁘게 나타났다.

강찬의 가장 큰 장점을 뽑으라면 결코 꺾이지 않는 의지였다.

실패를 두려워하지 않았고 언젠가 발전할 수 있다는 투지를 불사르며 끝없이 노력했다.

실망은 있었으나 포기를 몰랐고 하고자 하는 의지는 점점 강해졌다.

시간이 지나는 것을 의식하지 못할 정도로 강찬은 변화구를 가다듬는 데 미친 듯 몰두했다.

훈련장에 제일 먼저 모습을 드러낸 것도 그였고 가장 마지막까지 남은 것도 그였다.

다른 선수들이 가족이나 애인, 친구를 만나러 외출하는 주말에도 강찬은 훈련장을 떠나지 않았다.

살아남는다. 반드시 살아남아 꿈을 이룬다.

그런 마음으로 공을 던졌다.

어깨는 여전히 근육이 뭉쳐진 채 직구를 던지면 제동이 걸려 완벽한 투구를 하지 못하게 방해했다.

그럼에도 어깨 근육 강화 운동을 멈추지 않았다.

덤벨, 벤치프레스, 로울링을 끊임없이 지속했고 체력 강화를 위해 서킷트레이닝도 멈추지 않았다.

구속은 제자리를 맴돌았지만 지구력이 이해하지 못할 정도로 강해진 것은 끊임없는 훈련과 혜원 스님이 베풀어준 강화술 때문인 것 같았다.

아무리 투구 훈련을 많이 해도 다음 날이면 어깨는 말짱하게 원상태로 돌아왔기 때문에 장 코치가 무리하지 말라며 충고를 했어도 강찬은 변화구 훈련을 멈추지 않았다.

강찬의 그런 노력이 빛을 발하기 시작한 것은 오 개월이 지나면서부터였다.

그토록 괴롭히던 컨트롤이 제자리를 잡기 시작했던 것이다.

더불어 속도를 줄이면서 완만해졌던 각도가 점점 살아나면서 강찬의 공은 위력적으로 변하고 있었다.

아직 부족한 것은 안다.

하지만 가능성이 열렸고 어느 정도 성과가 나타났기 때문에 강찬의 가슴은 자신감으로 충만해졌다.

무엇인가에 미친 사람은 온 정신이 하나로 집중된다.

다른 어떤 것에도 신경을 분산시키지 않고 자신이 이루고자 하는 것에 전심을 다하기 때문이다.

이글스의 서산구장에서 훈련하는 2군 선수들의 대부분이 그런 미친놈들이었다.

새벽도 없고 저녁도 없다.

그저 오로지 1군에 올라가겠다는 야망을 가지고 훈련에 매진할 뿐이었다.

그냥 잘한다는 것과 독보적으로 잘한다는 것의 차이.

바로 그것이 1군에 올라갈 수 있느냐 없느냐란 결과로 이어지기 때문에 그들은 자신이 지닌 최선을 다했다.

무한 경쟁이 될 수밖에 없는 이유다.

팽팽한 긴장감의 연속.

꿈을 이루기 위해 전력을 다하는 선수들의 얼굴은 그래서 언제나 여유가 부족했다.

여유가 부족하다는 것은 사람과의 관계가 원만하게 이루어지지 못할 가능성이 커진다는 걸 의미했다.

경쟁은 배려의 부족을 초래하고 배려의 부족은 미움과 질시를 양산시키는 법이다.

어떤 단체가 그런 현상에 시달리게 되면 집단적인 능력 저하 현상이 발생하게 된다.

공정한 경쟁과 투지의 상승은 실력의 향상으로 나타나지만 미움과 질시가 동반된 경쟁은 오히려 선수들에게 악영향을 미쳐 집단 전체를 하향 평준화시켜 버리기 때문이다.

그랬기에 프로야구 2군 코치들은 철저한 대인 마크를 통해 그런 일이 벌어지지 않도록 최선을 다했다.

1군에 비해 실력이 부족하다 해도 2군에 속한 선수들은 수많은 경쟁을 뚫고 프로 구단에 스카우트된 인재들이었다.

기본적인 스킬은 거의 완성된 상태였으니 2군에서의 훈련은 부족한 부분에 대한 미비점을 보완하는 데 중점을 두고 시행되는데 코치들은 선수들의 부족한 부분과 팀 전술을 가르치고 나면 나머지 시간은 선수들 간의 화합이 원만하게 이루어지도록 최선을 다했다.

선수단의 분위기가 스킬보다 훨씬 중요하다고 판단하기 때문이었다.

그럼에도 집단생활에서는 문제가 될 만한 소지가 언제나 다분했다.

이 년 전에 선린정보고를 졸업한 손정표는 투수 고교 랭킹 3위에 올랐던 유망주로 입단 3년 차였다. 직구의 구속이 145㎞/h를 넘었고 슬라이더가 수준급이라 장래가 촉망되는 선수였다.

하지만 성격이 급했고 다혈질이라 위기의 순간이 오면 현명하게 대처하는 멘탈이 부족했다.

손정표가 강찬을 향해 이빨을 드러낸 것은 입단하고 한 달이 지나면서부터였다.

이유도 없이 놈은 수시로 강찬을 향해 시비를 걸어왔다.

강찬은 참고 또 참았다.

이 순간을 위해 3년 동안 죽을 만큼 괴로웠던 고통을 참아냈고 이를 악물며 어깨를 회복하기 위해 노력해 왔다.

연습생으로 입단하고 나서 지난 6개월 동안 정말 미친놈처럼 최선을 다해 훈련해 왔다.

그런 노력에 더불어 투수코치인 장혁태는 수시로 강찬의 훈련을 지켜보며 조언을 아껴주지 않았기 때문에 강찬의 공은 점점 위력을 더해가고 있었다.

사고를 치고 싶지 않았다.

철없이 까부는 손정표의 도발에 대응하지 않은 것은 팀 분위기를 우선하는 코치진과 고참 선배들의 뜻을 충실히 따르고 싶었기 때문이었다.

"저놈 별명이 독종이라며?"

"6개월 동안 하루도 쉬지 않았습니다. 코치 생활 10년 동안 저런 놈은 처음입니다."

"훈련 열심히 한다고 실력 늘 것 같았으면 나도 국가대표 했겠다."

"감독님!"

"말이 그렇다고. 그런데 장 코치, 너 요새 너무 신경질적으로 변해가는 거 아냐?"

"감독님이 그렇게 만들잖아요."

"수석 코치가 그 정도는 받아줘야 감독 하는 맛이 나는 거지. 무슨 말만 하면 신경질 낸다고 생각해 봐라. 감독이 얼마나 힘들겠냐."

"알겠습니다. 제가 잘못했습니다."

"진즉에 그렇게 나올 것이지."

"하여간, 대단하십니다."

장혁태가 졌다는 듯 두 손을 번쩍 들자 김 감독의 얼굴이 활짝 펴졌다.

이럴 때마다 유쾌하다.

자신의 생각을 정확히 읽을 줄 알고 직언도 서슴지 않는 장혁태가 이런 어거지를 들어줄 때마다 그는 사는 게 즐거웠다.

"그나저나 실력이 어느 정돈데 이 난리냐? 어깨 고장 나서 슬로우볼 던지던 놈이 좋아봤자 얼마나 좋아졌겠어? 나도 계속 지켜봤지만 저놈 구속은 그대로더구만. 혹시 최근에 어깨가 기적적으로 좋아져서 강속구라도 뿌리는 거야?"

"그건 아닙니다."

"그럼 뭐야?"

"저놈 처음 들어왔을 때 훈련시키겠다고 말씀드린 것 있잖습니까. 기억 안 나세요?"

"언제 그런 얘길 했지?"

"황 형이랑 셋이 삼겹살에 소주 마시면서 거품 물었던 거 기억 안 나세요?"

"아… 그 변화구 개량시키겠다는 거?"

"맞습니다."

"그게 왜?"

"감독님이 직접 보시지요. 그러면 제가 왜 이러는지 알 겁니다."

장혁태는 대화를 중단하고 포수인 임관에게 장비를 갖추

고 포수석으로 가라는 지시를 내렸다.

그런 후 김남구와 함께 천천히 그라운드로 내려왔다.

감독과 수석 코치인 두 사람은 다음 달로 다가온 퓨처스리그의 엔트리를 짜느라 요즘 매일같이 미팅을 하는 중이었다.

그런데 삼 일 전부터 장혁태가 느닷없이 강찬을 엔트리에 포함시켜야 된다며 협회에 선수로 등록시키자는 요구를 해왔다.

투수코치니 자식처럼 가르친 투수가 하나라도 더 게임에 나갈 수 있도록 노력하는 것은 당연한 일이었으나 불과 6개월밖에 안 된 연습생을 정식 선수로 등록한다는 건 매우 이례적인 일이었다.

감독은 선수단 운영을 책임지며 선수들의 일거수일투족을 면밀히 관찰하고 보고받지만 아무래도 연습생들에 대해서는 소홀히 하는 면이 있었다.

그랬기에 강찬이 열심히 훈련한다는 걸 알면서도 그렇게 커다란 관심을 두지는 않았다.

그것은 수시로 스쳐 지나치며 그의 구위를 확인했기 때문에 더욱 그랬다.

강찬의 구속은 그가 볼 때마다 언제나 그 자리를 맴돌고 있었다.

2군만 해도 유망주로 손꼽히는 투수 숫자가 19명이나 되었는데 그들 중에는 150㎞/h에 육박하는 구속을 가진 선수도 셋이나 되었고 고교 시절 뛰어난 피칭으로 전국 대회를 휩쓸던 놈들도 여럿 있었다.

그런 놈들을 챙기기도 바쁜데 구속이 겨우 130km/h밖에 안 되는 놈에게 바짝 신경 쓴다는 건 아무리 그가 모든 선수를 관장해야 되는 감독이라 해도 무리가 따르는 것이었다.

투수들의 훈련은 당연히 투수코치인 장혁태가 전담하고 있었다.

더군다나 자신은 강찬에 대해서 정밀하게 분석하거나 관찰하지 않았기 때문에 장혁태의 주장에 슬쩍 긴장감이 맴돌았다.

장혁태가 이 정도로 주장한다는 것은 뭔가가 있다는 것을 암시하는 것이었다.

정규 리그 개최 전 1군에 합류할 선수에 대해서 상의하자는 1군 감독 오명환과의 약속조차 1시간 늦추고 그라운드로 나온 것은 강력하게 주장한 사람이 그의 오른팔인 장혁태였기 때문이었다.

그가 알고 있는 장혁태는 가끔가다 농담을 잘해서 그렇지 야구에서만큼은 절대 실없는 소리를 하는 사람이 아니었다.

강찬이 마운드에 오르자 김 감독이 입에 고인 침을 꿀꺽 삼켰다.

나름대로 조심해서 삼켰는데 옆에 있던 장혁태가 그걸 들은 모양이었다.

"긴장되세요?"

"긴장은 내가 왜. 그건 네가 해야 되는 거 아냐?"

"워낙 맛있게 침을 삼켜서 물어본 겁니다."

"쓸데없는 소리 말고 빨리 던지라고 해. 나 오 감독님하고 약속 있어."

"알겠습니다."

뒤늦게 김남구 감독이 정색을 하자 장혁태도 장난스러운 태도를 거두고 마운드에 선 강찬을 향해 뛰어갔다.

나이가 50이 가까워지니 배도 나왔지만 달리는 것은 예전처럼 빨랐다.

그가 강찬에게 다가와 한 말은 그리 많지 않았다.

"공 던져라."

"예."

"잘 던져."

"예."

강찬이 모자를 벗어 정중하게 인사하자 장혁태는 강찬의 어깨를 두드려 준 후 왔던 길을 다시 돌아갔다.

그 뒷모습을 강찬은 아련하게 바라봤다.

처음에는 무뚝뚝하고 무섭게 느껴졌는데 6개월 동안 부딪치자 그것이 얼마나 잘못된 선입견이었는지 알게 되었다.

딱딱한 태도에 숨어 있는 따뜻함을 알게 된 것은 입단한 지 얼마 지나지 않아서였다.

투수들이 모두 순한 양처럼 그의 말을 따른 것은 그의 인간적인 매력과 자상함 때문일 것이다.

장혁태가 돌아가 감독 옆에 서는 걸 확인 한 강찬은 미트를 팡팡 두들기며 어서 던지라는 듯 자세를 잡는 임관을 바라보았다.

지금의 투구가 어떤 의미인지 정확하게 알진 못했지만 장혁태의 태도와 감독이 직접 보러 왔다는 것만으로도 중요하다는 걸 알 수 있었다.

그랬기에 강찬은 이를 지그시 악물고 손에 공을 쥐었다.

*　*　*

퓨처스리그는 4월 1일 만우절에 시작된다.

정규 리그에 비하면 선수들의 수준도 떨어졌고 관중들도 적었지만 2군 선수들에게 퓨처스리그는 꿈의 무대였다.

1군 리그의 엔트리는 26명이었지만 퓨처스리그도 똑같은 숫자가 적용된다.

하지만 2군에서 훈련하고 있는 선수는 연습생을 모두 합해 50명이 훌쩍 넘기 때문에 거의 절반가량이 엔트리에서 탈락

되어야 한다.

1군을 목표로 훈련하던 선수들은 퓨처스리그의 엔트리에서까지 탈락하게 되면 극도의 실망감으로 우울증까지 겪는 경우가 많았고 심지어는 상실감에 야구를 그만두겠다며 뛰쳐나가는 선수들도 있었다.

그런 와중에 연습생에 불과하던 강찬이 단박에 엔트리에 오르자 2군 캠프의 분위기는 급격히 냉랭하게 변했다.

엔트리에 빠진 투수들은 강찬의 엔트리 포함을 수긍하지 못했다.

그들 중에는 150㎞/h의 강력한 속구를 가진 투수도 있었고 변화구와 컨트롤이 정교한 선수들도 있었다.

그들이 봤을 때 강찬의 구위는 그들보다 훨씬 못한 것이었다.

반박할 여지조차 없을 만큼 뛰어난 구위를 가졌다면 모를까 다른 어떤 이유로 특혜를 입었다면 자신들의 땀과 눈물이 너무 억울했다.

그랬기에 그들은 소주잔을 기울이며 분통을 터뜨렸고 코치진에 대해서 직접적으로 불만을 표시하지 못했지만 강찬에 대해서는 노골적으로 불쾌감을 표시했다.

그중에서 가장 적대적으로 나온 것은 손정표였다.

그동안 간간이 시비를 걸어온 손정표는 이번일 때문에 자신이 피해를 봤다고 생각했던지 아예 작정한 듯 강찬을 향해 이빨을 드러냈다.

나이가 한 살 적었음에도 대충 반 토막으로 강찬을 대하던 손정표는 엔트리가 발표된 다음 날 사우나장에서 본격적으로 일을 벌였다.

그의 입에서 흘러나온 음성은 마치 늑대가 으르렁대는 것처럼 거칠었다.

"어이, 이강찬. 코치들 똥구멍이라도 빨아준 거냐?"

"비켜!"

강찬의 목소리도 날이 섰다.

이틀 동안 동료들에게 이유 없이 백안시당했다는 억울한 감정이 손정표의 일그러진 얼굴을 보자 불길처럼 일어섰다.

하지만 손정표는 그런 강찬의 반응에 섬뜩한 웃음을 보였다.

"씨발놈, 그동안 마음에 들지 않아도 그냥 참아왔는데 오늘은 그냥 못 넘기겠다. 네가 얼마나 하찮은 새낀지 내가 똑똑하게 알려주마!"

제4장
퓨처스리그

손정표가 먼저 문을 박차고 나가자 수건을 목에 매달고 있던 강찬의 어깨가 부들부들 떨렸다.

지금까지 살아오면서 먼저 시비를 건 적은 없었으나 그렇다고 시비를 걸어온 놈을 그냥 두고 본 적도 없다.

중학교 때 인근을 휩쓸며 통으로 살게 된 배경에는 천부적인 운동신경도 있었지만 복싱을 배운 것이 결정적인 원인이었다.

그를 가르치던 사범은 그의 원투스트레이트와 풋워크는 또래 중에서 발군이라며 본격적으로 운동을 하면 틀림없이 성공할 수 있을 거란 말을 수도 없이 했었다.

그러나 강찬은 사범의 권유를 끝끝내 뿌리치고 복싱을 그만두었다.

복싱을 하면서 키운 실력으로 많은 싸움을 하게 되었고 그러면서 겪어야 했던 혼돈과 절망이 그를 힘들게 만들었기 때문이었다.

도장에는 나가지 않았지만 복싱을 아예 그만둔 건 아니었다.

고등학교에 올라가 야구를 시작했음에도 몸을 풀고 땀을 내기 위해 그는 매일 30분간 섀도복싱을 꾸준하게 해왔다.

어차피 서킷트레이닝을 하기 위해서는 달리기가 선행되었기 때문에 어렸을 때부터 해왔던 습관을 바꾸지 않았던 것이다.

상대를 가격하기 위한 훈련은 아니었으나 아직도 그의 원투스트레이트는 공간 속에서 살벌하게 작렬했는데 그것은 섀도복싱을 꾸준히 하면서 펀치의 임팩트가 점점 날카로워진 게 원인이다.

강찬은 한동안 망설이다가 옷을 입고 샤워장을 나섰다.

샤워장에는 강찬 외에도 5명이 더 있었는데 나이 든 고참은 하나도 없었고 신참이 대부분이었다.

훈련이 끝나면 고참 순서대로 씻고 맨 마지막이 되어서야 신참들 순서가 돌아왔기 때문에 강찬이 샤워를 할 때는 대부분 신참들이 함께했다.

그들은 강찬을 말리지 않았다.

시비를 걸어온 손정표가 3년 차 고참이었던 것도 이유가 있겠지만 그들 역시 단박에 주전 엔트리에 오른 강찬을 못마땅하게 생각했기에 누군가가 나서서 자신들의 불만을 해소해 줬으면 하는 바람을 가지고 있었다.

바람이 부는 황무지는 가면 안 된다. 아무리 조심해도 먼지를 뒤집어쓰게 되니 옷이 더러워지는 걸 피할 수가 없다.

어렸을 때는 싸움 구경이 좋았고 재밌었을지 몰라도 머리가 커서 사회를 알게 된 신입 선수들은 그런 이유로 강찬을 따라 나서지 않았다.

신성한 스포츠의 세계에서 주먹질을 한다는 것이 얼마나 위험한 일인지 그들은 어렸지만 분명히 알고 있었다.

클럽하우스를 빠져나오자 손정표가 앞장서서 지하실로 내려갔다.

지하는 건물을 관리하는 변전실과 보일러실이 위치했기 때문에 내려오는 사람이 거의 없는 곳이었다.

어두우면서도 널찍한 공간에 도착하자 돌아선 손정표의 얼굴에서 잔인한 미소가 떠올랐다.

고등학교 시절 그는 야구 선수로도 명성을 날렸지만 한편으로는 일진들을 때려잡는 미친놈으로도 유명했다.

시합 시즌에는 전혀 상관없이 보내다가 프리 시즌이 되면 놈은 학교 안팎을 어슬렁거리며 일진들을 괴롭혔다.

학생들을 괴롭히는 일진들에게 주먹을 휘두르다가 세 번이나 문제가 되었으나 그가 뛰어난 투수라는 점과 괴롭힘을 당한 학생의 증언으로 오히려 선생들과 학생들에게 영웅으로 불리게 되었다.

참 세상은 웃기고 재밌다.

그저 유희에 불과했고 시합에서 쌓인 스트레스를 풀기 위해 한 짓인데 영웅으로 불리게 되었으니 얼마나 즐거운 일인가.

일진들은 그의 상대가 되지 않았다.

몇 놈이 떼를 지어 덤벼도 당하지 못할 정도로 손정표는 운동으로 다져진 강인한 신체와 주먹을 가지고 있었기 때문이었다.

그때부터 일진들이 힘없는 학생들에게 하는 짓을 손정표는 일진들을 상대로 했다.

꿩 잡는 매다.

일진들이 학생들에게 삥을 뜯어서 그에게 가져다 바치는 구조.

절대 문제가 되지 않는 안전판을 마련해 놓고 손정표는 학생으로는 과할 정도로 돈을 물 쓰듯 써댔다. 유희가 방탕이 되었고 뛰어났던 공의 위력은 답보 상태를 면치 못한 채 제자리를 맴돌았다.

전체 고등학교 투수 랭킹 3위에 올랐으면서도 9순위로 간신히 입단한 것은 그런 생활에 익숙해진 그의 구위가 스카우터들을 전혀 감동시키지 못했기 때문이다.

손정표는 다짜고짜 주먹을 휘둘렀다.

대화로 풀기 위해 다가온 강찬을 향해 그는 매서운 훅을 날려왔는데 그 주먹에는 묵직함이 담겨 있었다.

본능적으로 고개를 젖혀 피해낸 강찬의 오른발이 뒤로 빠지며 자연스럽게 방어 자세를 취했다.

이미 주먹이 나왔으니 대화는 의미가 없어졌다.

미친놈을 만났고 남은 건 이제 때려눕히는 일만 남았다.

아쉽고 불안했으나 이를 악물었다.

잘못한 것이 없는데도 자신을 해코지하려는 손정표를 보며 왜 이러는 건지 묻고 싶었다.

그러나 그럴 수가 없었다.

놈은 마치 이성을 잃은 것처럼 막무가내로 주먹을 날려왔다.

빠르고 강한 주먹이었으나 강찬은 상체의 균형을 앞으로 잡은 채 움직이기 시작했다.

사이드스텝으로 빠져나갔다가 안으로 파고들며 원투를 날렸다.

그런 후 주춤하는 손정표를 따라 들어가며 좌우 옆구리를 공격했다.

정확하게 임팩트된 강찬의 주먹이 옆구리에 작렬하자 얼굴을 얻어맞고 비틀하던 손정표가 더 이상 견디지 못하고 뒤로 물러나는 것이 보였다.

강찬의 눈이 시퍼렇게 변했다.

싸움이 벌어지고 승부가 필요한 순간이 오면 강찬은 야수로 변하곤 했는데 그것은 이번에도 똑같았다.

싸움을 피했다면 모를까 강찬은 예전부터 결정적인 순간이 오면 단숨에 끝장을 보는 싸움을 했다.

물러나는 손정표를 향해 강찬의 어퍼컷이 예리한 각도를 타고 올라갔다.

옆구리에 충격을 받았기 때문에 숙여졌던 손정표의 얼굴이 강찬의 주먹에 덜컥 하고 올라갔다가 옆으로 꺾이며 떨어져 내렸다.

설명은 길었지만 불과 일 분도 안 걸린 싸움이었다.

잠시 정신을 잃었던 손정표가 아직도 남아 있는 머리의 충격을 완화하려는 듯 고개를 저은 후 강찬을 바라봤다.

그의 얼굴은 황당한 표정을 짓고 있었는데 지금의 상황이 이해되지 않는 모양이었다.

하지만 그는 곧 얼굴을 풀고 또다시 주먹을 들었다.

싸움해서 져 본 적이 없으니 이런 결과를 받아들일 수 없는 것 같았다.

손정표는 계속해서 맞았고 계속해서 쓰러졌다.

강찬은 얼굴을 때리지 않고 양쪽 복부와 가슴에 공격을 집중했기 때문에 계속 일어나 덤비던 손정표는 결국 일곱 번 만에 바닥에 쓰러져서 일어나지 못했다.

복부에 충격을 받게 되면 정신은 말짱해도 몸이 움직여지지 않는데 호흡이 곤란해져서 숨쉬기가 어려워진다.

손정표의 모습이 그랬다.

몸을 웅크린 채 숨을 헐떡이는 그의 모습은 마치 덫에 걸린 짐승처럼 불쌍하고 처량한 것이었다.

"씨발, 무슨 싸움을 이렇게 잘하는 거야."

간신히 몸을 추스르고 일어난 손정표가 강찬을 보고 한 말이었다.

그는 이제 싸움을 포기했는지 찢어진 입술에서 흐른 피를 닦아내고 바닥에 앉아 있었는데 그 모습이 더없이 편안해 보였다.

어쩔 수 없이 때렸지만 상대가 적의를 버리자 미안하다는 생각이 들었다.

강찬이 사과를 한 것은 순하게 변해 버린 그의 눈을 보고난 후였다.

"미안하다."

"웃기네. 미안하긴 뭐가 미안해. 내가 먼저 싸우자고 덤볐는데."

"괜찮냐?"

"골라 때려놓고 그런 소리가 나와? 입술 조금 찢어진 거 빼고 나면 내가 이렇게 피똥 싸게 맞았다는 걸 누가 알겠냐고. 아, 쪽팔려서 정말."

자신의 머리를 쓰다듬으며 얼굴을 붉히는 손정표의 모습은 지금까지 보여줬던 악랄함과 거리가 먼 것이었다.

더군다나 강찬을 바라보는 그의 눈빛에는 적의가 완전히 사라져 있었는데 어찌 보면 따뜻함이 담겨진 것처럼 보일 정도다.

강찬의 목소리가 변한 것은 그런 이유 때문이었다.

"이제 물어보자. 너 도대체 나한테 왜 그런 거냐?"

"부러워서 그랬다."

"뭐가?"

"좆나게 열심히 하는 형이 부러워서 그랬다고. 씨발, 난 그게 안 됐거든."

이해가 되지 않은 이유가 손정표의 입에서 흘러나왔다.

전혀 예상치 못했던 그의 대답은 강찬을 어이없게 만드는 것이었다.

더군다나 지금까지 한 번도 쓰지 않던 형이란 호칭을 쓰자 강찬은 황당함을 넘어 긴장감마저 들었다.

그럼에도 손정표는 담담하게 말을 이었다.

"처음에는 우습게 봤어. 도대체 저런 구위를 가지고 프로야구를 하겠다는 게 말이 되는 거냐며 웃고 말았지. 그런데 형이 웃긴 일을 하더라고. 미친 것도 아니고 꼭두새벽부터 남들 다 들어간 늦은 밤까지 훈련하는 걸 보니까 괜히 심술이 났어. 정말 지금 생각해도 기가 막힌 일이었어. 어쩌자고 그런 짓을 하는 건지 시비를 걸어서라도 말리고 싶었거든. 그런데 형이 그런 미친 짓을 계속하니까 시간이 지날수록 정말 화가 났어. 눈앞에서 사라졌으면 좋겠다는 생각이 내 머리에 가득 차서 아무것도 할 수 없게 되더라고. 정말 내가 왜 그러는지 몰라서 고민 많이 했다. 그러던 어느 날 집에 갔다가 어머니가 저녁 준비하시는 걸 보면서 문득 왜 내가 그런 증상에 시달리는지 알게 되었지."

"그게 뭐였냐?"

"씨발, 진짜 쪽팔리는데 그게 다름 아닌 질투더라고."

"질투?"

"그래, 내가 하지 못하는 것에 대한 질투. 하고 싶은데 안 되니까 미친 짓을 하게 된 거지. 그걸 알아내는 데 참으로 오랜 시간이 걸렸다. 그리고 그걸 안 순간 좆나게 울었어. 내 인생이 불쌍해서 울었고 '앞으로 형처럼 해야 성공하겠구나' 란 생각을 하게 되자 눈앞이 깜깜해서 울었다."

"참. 너는 답답한 놈이구나."

"더 웃긴 게 뭔지 알아? 씨발, 그러면서도 난 형이 안될 거라고 생각했어. 그 구속에 변화구를 던져 봤자 얼마나 던지겠냐며 우습게 생각했었거든. 그런데 어느 순간부터 형의 공이 마구처럼 떨어지기 시작했어. '강력한 패스트볼 없이도 저렇게 위력적인 투구가 가능하구나' 란 걸 알게 되자 몸이 마구 떨리더군. 형이 엔트리에 들었을 때 나는 내가 엔트리에 든 것보다 훨씬 기뻤다. 남들 모르게 눈물까지 흘렸으니까 믿어줘야 할 거야. 이제 생각해 보면 나는 형이 싫었던 게 아니라 무서웠던 것 같아. 그리고 질투를 버리고 나니까 형이 좋아지더라고. 사내새끼가 남자를 좋아하면 안 되는데 나도 모르게 그렇게 되더라."

"그런데 왜 그랬냐?"

"형한테 사과하고 싶었는데 방법이 없더라고. 씨발, 그래서 남자답게 얻어터지고 싶었다."

* * *

엔트리가 확정되면서 2군의 훈련 캠프는 전시로 변하기 시작했다.

팀을 두 개로 나누어 실전 훈련을 거듭했는데 장혁태 코치는 강찬에게 릴리프 임무를 부여했다.

야구에서 선발투수는 말 그대로 경기를 시작할 때부터 던지는 투수고 마무리 투수는 원칙적으로 9회에 마운드에 올라오는 선수를 말한다.

구원투수에는 마무리 투수 외에도 중간 계투 요원이 있는데, 이런 투수들은 선발투수가 초반부터 난조에 빠졌을 때 마운드에 오른다.

이 중 '미들 릴리프' 는 2이닝에서 4이닝 정도까지만 던지는 투수들이고 '롱 릴리프' 는 선발투수가 일찍 무너진 경우 등판해서 많은 이닝을 소화하는 투수들이며 이 밖에 한두 타자만 상대하는 중간 계투는 '원 포인트 릴리프' 라 한다.

'셋업맨(Set up man)' 은 9회 마무리 투수 전에 나와 7~8회를 막아주는 투수이다. 셋업맨은 주로 리드하고 있는 경기에 나와 2이닝을 책임지는데 마무리 투수의 부담을 줄여주는 역할을 한다.

강찬이 선발투수가 되지 못한 것은 간단했다.

강력한 직구가 없는 이상 오랜 이닝을 버텨내기엔 무리가 있다는 판단을 내렸기 때문이다.

그건 마무리도 마찬가지였다.

대체적으로 마무리 투수는 압도적인 구위로 경기를 완벽하게 잠가야 하는데 코치진은 강찬의 구위가 그렇게까지 위력적이라고는 판단하지 않았던 것이다.

그러나 코치들의 판단이 틀렸다는 걸 알아내는 데는 오랜 시간이 걸리지 않았다.

퓨처스리그가 벌어진 4월.

강찬의 비상이 믿을 수 없도록 극적이고 아름답게 시작되었으니 말이다.

그동안 은서가 전화를 수없이 해왔어도 강찬은 될 수 있으면 받지 않았다.

간혹가다 아주 어쩔 수 없이 받았을 때는 바쁘다는 핑계를 대면서 만나기 어렵다는 말을 반복했다.

그때마다 은서는 울었다.

보고 싶다며 잠깐이라도 만나자고 사정을 했지만 강찬은 입술을 깨물며 참고 견뎌 나갔다.

얼마나… 더 많은 시간을 고통 속에서 살아가야 될지 알 수 없으니 견디고 또 견뎌야 했다.

동생을 위해서도 그랬고 자신을 위해서도 만나서는 안 된다는 생각을 했다.

천사처럼 착한 동생이 자신의 욕심을 알게 되면 얼마나 괴로워할지, 상상만 해도 몸서리치도록 무서웠다.

자신은 은서에게 오빠로만 남는 것이 맞았다.

어렸을 때부터 의지하고 따르던 오빠가 사내로서의 음흉한 속내를 드러낸다면 아마 은서는 커다란 충격으로 인해 정상적인 삶을 살아가기 어려울지도 몰랐다.

부모한테 버림받은 채 불행한 삶을 살아온 은서는 행복하게 살아가야 한다.

자신처럼 앞길이 보이지 않는 삼류 야구 선수가 아니라 일류 회사에 다니는 뛰어난 인재와 결혼해서 누구 못지않게 행복한 가정을 꾸리는 것이 명문대를 다니는 은서에게는 어울리는 것이었다.

마음은… 아파도, 그렇게만 되면 참고 견뎌 나갈 수 있다.

그랬기에 강찬은 6개월이 넘도록 은서를 만나지 않았다.

잊었기 때문이 아니라 잊기 위해서다.

동생과 나를 위해서는 잊는 것이 최선의 방법이라고 생각했으니 잊기 위해 참고 또 견딘다.

그럼에도 밤이 되어 이렇게 잠자리에 들게 되면 은서의 얼굴이 떠올랐다.

보고 싶은 얼굴.

천사와 같은 그녀의 아름다운 얼굴은 떠오를 때마다 가슴이 뛰도록 만들었다.

내 마음이 이런데 내 이성은 왜 그리 잔인할까. 보고 싶은 사람을 보지 못하도록 만드는 이성은 이럴 때마다 마치 내가 아닌 것처럼 여겨지곤 했다.

머리를 흔들고 그녀의 영상을 지우기 위해 노력했다.

이제 이틀 후인 월요일이면 리그가 시작되기 전에 가지는 시범 게임이 열린다.

이글스는 세 번의 시범 게임이 잡혀 있는데 2일 간격으로 벌어진다고 한다.

지금까지는 연습 게임이었지만 이제부터는 진짜와 다름없는 게임을 벌여야 한다는 뜻이다.

잘하고 싶었다.

코치진이 자신에게 맡겨준 릴리프 임무를 완벽하게 수행해서 더 많은 기회를 얻어내고 싶었다. 그렇게 성실히 임무를 수행하다 보면 언젠가는 선발투수로 나설 수 있는 행운을 잡게 될지도 모른다.

은서의 영상을 지우기 위해 숫자를 세기 시작했다.

어렸을 때부터 잠이 안 오면 자주 하는 방법이었는데 습관 때문인지 숫자를 세면 금방 잠이 들었다.

부우웅… 부웅… 웅.

거의 잠이 들었다가 방바닥을 부딪치며 울어대는 핸드폰의 진동 소리에 눈을 떴다.

핸드폰을 쓰는 건 테레사 수녀와 동생들, 그리고 가끔가다 걸려오는 코치의 호출이 다였기 때문에 11시가 넘은 시간에 전화가 온 적은 거의 없었다.

그랬기에 강찬은 부랴부랴 일어나서 핸드폰을 들고 화면을 확인했다.

한동안 화면만 바라본 채 움직이지 않았다.

은서였다.

너무나 의외의 상황에 강찬은 행동을 결정하지 못하고 화면만 쳐다본 채 망설이고 또 망설였다.

수시로 전화를 해오던 은서는 계속해서 전화를 받지 않자 요즘 들어 전화하는 횟수가 뜸해졌었다.

한편으로는 다행이란 생각이 들었고 한편으로는 한없이 외로웠고 허전했다.

그녀의 전화가 오기를 바라면서 전화가 오면 받지 않는 그의 이중성은 슬픈 현실이 만들어낸, 찢어지게 아픈 고통임이 틀림없다.

오랫동안 계속되던 진동은 끝내 꼬리를 길게 끌며 사라져 갔다.

핸드폰을 꽈악 움켜쥐고 강찬은 머리를 무릎 사이로 숨겼다.

아프다. 너무 아프다.

은서의 목소리가 귓가에서 맴돌았고 숫자를 세면서 겨우 숨겨놓았던 그녀의 영상이 머릿속을 가득 채웠다.

그러나 그를 더욱 괴롭힌 것은 보고 싶다는 마음보다 이렇게 늦은 시간에 전화를 할 수밖에 없었던 은서의 처지였다.

왜 전화를 한 걸까?

다른 때라면 몰라도 이번 전화는 받았어야 된다는 생각이 자꾸 들었다.

무슨 일이 생긴 건 아닐까란 생각이 들자 잠을 청할 수가 없었다.

여자인 은서가 이렇게 늦은 시간에 전화해야 하는 경우는 수없이 많았다.

강도를 만났다든가, 교통사고나 났다든가, 누군가에게 괴롭힘을 당한 걸 수도 있었다.

물론 억측이고 일어나기 힘든 상황이었지만 그때부터 강찬은 침대에서 일어나 끝없이 서성거렸다.

전화를 하지 않겠다는 자신과의 약속만 아니었다면 벌써 수백 통을 했을 만큼 번민은 계속되었고 걱정은 더욱 커졌다.

전화가 다시 온 것은 그로부터 10분 정도 흐른 후였다.

방 안을 서성대던 강찬은 득달같이 달려들어 전화기를 잡았다.

그런 후 천천히 통화 버튼을 누르자 은서의 떨리는 목소리가 들려왔다.

—오빠…….

"은서야, 왜 그러니?"

—나… 아파. 아파서 일어날 수가 없어.

"어디가, 어디가 아픈데?"

—배가 아파…….

"은서야, 은서야!"

작고 떨리던 음성으로 겨우겨우 말을 이어나가던 은서는 더 이상 말을 하지 않았다.

대신 다른 사람들의 목소리가 웅웅거리며 들려왔기 때문에 강찬은 미친 듯이 소리를 치며 은서의 이름을 불렀다.

옷을 갈아입고 클럽하우스에서 뛰어나왔다.

다행스럽게 토요일이었음에도 임관이 숙소에 남아 있었기 때문에 강찬은 그의 차를 얻어 타고 대전으로 향했다.

걱정스러운 얼굴로 바라보는 임관을 향해 강찬은 무슨 일 있으면 전화하겠다는 말을 한 후 그를 돌려보냈다.

친구인 임관의 노력을 누구보다 잘 안다. 그는 이번 리그에서 주전으로 뛰기 위해 수많은 땀과 눈물을 흘렸으니 자신으로 인해 피해를 보게 만들 수는 없었다.

대전으로 오는 동안 수없이 전화를 했으나 은서의 전화는 신호만 울렸을 뿐 응답이 없었다.

속은 바짝바짝 타들어갔고 마음은 급해져서 미칠 것만 같았다.

그랬기에 강찬은 학교에 도착하자마자 그녀가 살고 있는 기숙사를 향해 전력으로 뛰기 시작했다.

어둠 속에 성처럼 우뚝 솟은 기숙사의 정문은 굳게 잠겨서 외부인의 출입을 원천 봉쇄했지만 강찬은 도착하자마자 사정없이 문을 두들겼다.

쾅쾅… 쾅.

주먹으로 두들기다 아무도 대답이 없자 발로 차기 시작했다.

그의 몸짓은 거대한 불빛 속으로 자신의 몸을 던지는 불나방처럼 처절한 것이었다.

입구를 밝히는 전등이 켜지고 사람들이 나왔다.

한밤의 소란에 놀랐던지 정문으로 나온 사람은 열이 넘을 정도로 많았다.

그중 삼십 대 중반으로 보이는 사감이 강찬의 얼굴을 확인하고 커다란 목소리로 물었다.

문은 열지 않았고 몸은 잔뜩 위축된 것이 겁에 질린 모습이었다.

"당신 누구예요. 한밤중에 왜 소란을 부리는 거죠!"

"사람을 찾으러 왔습니다."

"누군지 모르겠지만 돌아갔다가 날이 밝으면 오세요. 안 그러면 신고할 거예요!"

"약학대에 다니는 신은서의 전화를 받고 왔습니다. 아프다고 하더니 전화가 끊어졌어요. 다시 전화했지만 받지 않습니다. 무슨 일인지 확인해 주시면 고맙겠습니다!"

강찬의 목소리는 다급했고 여자의 것보다 훨씬 컸다.

그리고 그 내용은 한밤에 소란을 피울 수밖에 없을 정도로 심각한 것이었기 때문에 앞으로 나섰던 사감과 여학생들의 얼굴에서 뒤늦게 안도의 한숨이 흘러나왔다.

경찰을 부르겠다고 소리친 사감의 목소리가 한결 낮아진 것은 은서의 상황을 너무나 잘 알고 있었기 때문이었다.

하지만 그녀는 여전히 문을 열어주지 않은 채 강찬이 원했던 대답만 간단하게 알려주고 냉정하게 돌아섰다.

"서울병원으로 가보세요. 은서는 맹장이 터져서 지금 수술 중이라고 해요."

병실로 들어서자 침대에 누워 잠들어 있는 은서의 모습이 보였다.

얼굴은 초췌했지만 여전히 아름다웠고 천사처럼 순수한 얼굴이었다.

천천히 다가가 머리맡에 앉아 그녀의 손을 잡았다.

커다란 수술이 아니었어도 지켜주는 사람 없이 혼자서 힘들게 수술받았을 것이라는 생각에 가슴이 아프기도 했지만 건강한 모습을 보게 되자 그토록 뛰었던 마음이 조용하게 진정되었다.

은서는 전신마취가 풀리지 않았기 때문인지 강찬이 손을 어루만졌어도 미동조차 하지 않았다.

오히려 그게 좋았다.

이렇게 마음껏 지켜볼 수 있으니 너무나 기뻤다.

보고 싶은 얼굴을 원 없이 지켜보았고 그녀의 손을 꼬옥 잡은 채 밤이 새도록 놓지 않았다.

은서야, 은서야… 아프지 마. 네가 아프면 난 아무것도 할 수 없어.

그러니까 날 위해 아프지 말아줘.

기도. 그래, 기도였을 것이다.

간신히 택시를 잡아탄 채 어스름한 새벽을 뚫고 서산으로 돌아오던 강찬은 아쉬움과 그리움에 눈물을 흘리며 가슴을 쥐어뜯었다.

더 이상 있을 수가 없었다.

은서의 손이 무의식 속에서 자신의 손을 잡아왔을 때 강찬은 급히 자리에서 일어나 병원을 빠져나왔다.

무서웠다. 그녀가 눈을 뜨고 자신을 바라보면 미친 듯 사랑한다고 소릴 칠 것만 같았다.

* * *

퓨처스리그는 10개의 프로야구단과 경찰청, 상무가 더해져서 12팀으로 운영되며 이글스가 포함된 남부 리그에는 6개 팀이 속해 있다.

예전에는 2군 리그라고도 불렸지만 2008년부터 퓨처스리그라고 개명했다.

전체 게임 수는 팀당 90경기를 하는데 작년에는 상무와 경찰청의 성적이 가장 좋았다.

프로야구 구단이 아닌 상무와 경찰청의 성적이 좋은 이유는 1군에서 뛰다가 병역을 해결하기 위해 입대한 선수들이 주축이 되어 뛰기 때문이었다.

코치들의 말에 의하면 올해도 결과는 변하지 않을 거라고 했다.

1군에서 활약했던 좋은 선수들이 경찰청과 상무로 다수 입대했기 때문에 그들을 공략하기는 쉽지 않을 거란 설명이었다.

리그가 본격적으로 시작되지 않았음에도 시범 게임이 시작되는 월요일 아침 분위기는 긴장감으로 터질 듯 달아오르고 있었다.

오늘의 상대는 베어스였는데 작년 북부 리그에서 2위를 한 강팀이었다.

앞으로 남은 시범 게임도 다른 리그에 속해 있는 경찰청과 히어로즈였는데 아무래도 같은 리그에 속해 있는 팀들은 껄끄럽기 때문에 시범 경기는 대부분 북부 리그 팀으로 정해진다고 한다.

이글스의 선발투수는 박영도였다.

현재 2군에서 뛰고 있는 투수 중 가장 빠른 공을 던졌기 때문에 변화구만 보완하면 장래가 촉망되는 선수였다.

에이스는 아니었지만 2선발은 충분히 꿰찰 만큼 위력적인 공을 던졌기 때문에 시범 경기임에도 지기 싫다는 감독의 마음이 고스란히 담긴 출발이었다.

그러나 베어스는 더했다.

작년 2군 리그에서 5승을 거뒀던 정진우가 선발로 떡하니 나왔던 것이다.

그의 5승은 단순한 5승이 아니었다.

정진우는 작년에 1군과 2군을 오락가락했는데 여름에 유독 약했기 때문에 2군에 잠깐잠깐 내려왔을 뿐 대부분 1군에서 활약하는 베어스의 차세대 에이스였다.

그가 2군에서 활약한 것은 두 달에 불과했기 때문에 제대로 2군에서 뛰었다면 승부를 장담하지 못할 정도로 뛰어난 투수였던 것이다.

김남구 감독이 열 받은 것은 그런 이유 때문이었다.

정진우를 시범 경기에 떡하니 내놓는 건 이번 시합을 반드시 이기고 말겠다는 뜻이나 다름없었다.

김남구 감독은 고심 끝에 박영도를 올리면서도 상대방 감독에게 미안한 마음을 가지고 있었는데 베어스 감독인 윤종운은 그보다 한술 더 뜨고 있었다.

시범 경기인 이상 원정 팀은 대충대충 홈팀의 연습 파트너 정도로 해주는 게 암묵적인 예의였는데 몇 년 전부터 분위기가 이상하게 변하더니 기어코 오늘 같은 일이 생기고 말았다.

그래도 이건 너무한 일이었다.

시범 경기조차 최선을 다하는 쪽으로 분위기가 바뀌었다고 해도 반쯤 1군에서 뛰는 놈을 선발로 내보내는 경우가 어디 있단 말인가.

그랬기에 더그아웃에서 정진우의 연습 피칭을 바라보는 김남구의 얼굴은 누렇게 떴다.

"윤 감독이 미친 모양이다."

"작년 시범 경기에서 진 게 억울했던 모양입니다. 왜 그때 우리가 쟤들을 박살 냈었잖아요."

"그때는 워낙 엉망인 놈이 나와서 그런 거잖아. 윤 감독이 일부러 그랬던 거 아니었어?"

"일부러 그랬겠습니까. 유망주들 시험하려고 내보낸 거겠지요. 그런데 우리가 너무 패니까 약이 오른 거 아니겠습니까."

"웃기는군. 그렇다고 이런 짓을 하냐."

"어쨌든 어쩔 수 없잖아요. 이왕 나온 거 열나게 패봐야죠."

김 감독이 불퉁거리자 장혁태가 웃으며 걱정하지 말라는 듯 어깨를 으쓱였다.

그는 흩어져 있던 선수들을 더그아웃 쪽으로 불러들였는데 한쪽에서는 심판들이 경기를 시작하기 위해 걸어 나오는 중이었다.

제5장 등판

선수들을 불러 모은 건 장혁태였지만 모두 모이자 입을 연 것은 김남구 감독이었다.

그는 평소에도 잘 웃었는데 긴장한 얼굴을 하고 있는 선수들을 확인하고 나서는 연신 너털웃음을 흘려냈다.

"웬 날씨가 이렇게 좋다냐. 저기 꽃 핀 거 봐라. 우리 구장 죽여주지 않냐?"

"감독님, 심판들 나왔습니다. 곧 시작할 것 같은데요."

김 감독이 엉뚱한 소리만 해대자 옆에 있던 장혁태가 작은 목소리로 슬쩍 끼어들었다.

타이밍을 놓치면 선수들에 대한 훈시조차 제대로 하지 못할 수도 있기 때문이었다.

그러나 김 감독은 못 들은 척 계속해서 다른 말만 해댔다.

그는 주위를 휘휘 둘러보며 누군가를 찾았다.

"우리 마스코트는 어디 있지? 안 보이는데?"

"저, 여기 있잖아요. 아까도 보셔놓고 왜 그러세요."

"아, 거기 있었구나. 우리 예쁜이가 안 보이면 불안하거든. 오늘처럼 중요한 날이면 예쁘고 똑똑한 민영이가 옆에 있어야 든든하더라."

"또, 또 그러신다. 거짓말하지 말라고 그랬죠!"

자신을 찾는 김 감독의 목소리에 최민영이 뒤쪽에서 뭔가를 쓰고 있다가 높은 목소리로 통박을 줬다.

선수들 사이에서 웃음이 터져 나온 건 당연한 일이었다.

김 감독은 최민영을 딸처럼 편하게 대했지만 가끔가다 최민영이 쌍심지를 켜고 나오면 뒤도 돌아보지 않고 도망가기 일쑤였다.

김 감독의 목소리와 표정이 변한 것은 심판이 홈 플레이트로 걸어갈 때였다.

"드디어 시범 게임이 시작되었다. 나는 너희들이 그동안 피 터지게 구른 걸 누구보다 잘 아는 사람이다. 나가라, 가서 노력은 결코 배신하지 않는다는 걸 너희들 스스로 증명해 보아라. 오늘같이 화려하고 예쁜 날 너희들이 날개를 펴고 창공으로 훨훨 비상하길 나는 진심으로 바란다."

야구의 규칙에 의해 선공은 베어스였다.

이미 박영도는 충분히 몸을 풀었기 때문인지 공인된 8개의 연습구를 채우지 않고 심판에게 시작해도 된다는 사인을 보내왔다.

고개를 끄덕인 심판이 기다리던 베어스의 1번 타자를 손짓으로 부르면서 플레이볼이 선언되었다.

강찬은 더그아웃에 앉아 오늘 나온 베어스 타자들의 타순을 다시 한 번 확인했다.

매일 밤 잠들기 전 그는 임관과 함께 영상분석실에서 1시간씩 머물며 프로야구 선수들의 프로필과 장단점을 분석해왔다.

타율을 비롯해서 홈런 등 객관적인 자료에서부터 좋아하는 구질과 볼카운트, 수비 능력 등 모든 자료를 달달 외우다시피 했다.

그랬기에 베어스 타자들의 이름만 봐도 그들의 프로필이 자동적으로 떠올랐다.

비록 2군에 불과했지만 베어스 타선에는 국가대표 출신이 세 명이나 되었고 대학 선발과 청소년 대표 출신이 대부분이었다.

그 말은 고교와 대학을 다닐 때 소속된 학교를 최강으로 이끌었던 주역들이 대부분이란 뜻이었다.

더욱 재밌는 것은 작년까지 1군에서 뛰었던 선수들도 셋이나 포함되어 있다는 것이었다. 두 명은 성적 부진으로, 한 명은 부상 때문에 2군으로 내려온 사람들이었다.

그러나 그것이 그 선수들을 하찮게 볼 수 있게 만드는 지표는 절대 될 수 없었다.

1군에서 활약했다는 것은 그들의 잠재력이 얼마나 뛰어난지 알려주는 것이었는데 그것을 증명이라도 하듯 그들의 타순은 클린업에 배치되어 있었다.

수많은 난관을 뚫고 날고 긴다는 선수들 사이에서 특출 난 기량을 가져야만 입성이 가능한 곳이 프로야구란 맹수들의 세계였다.

그랬으니 타순에 배치된 면면만 봐도 만만한 선수가 하나도 없었다.

베어스의 1번 타자는 박현섭으로 작년까지 고려대에 다니면서 국가대표로 활약했던 특급 유격수였다.

박현섭과 박영도의 대결.

강찬은 침을 꿀꺽 삼키며 긴장된 눈으로 박영도의 와인드업을 지켜봤다.

훌륭한 폼이었다.

강력한 속구의 원천인 다리근육은 말처럼 탄탄했고 백스윙에 이은 팔로우는 부드러우면서도 임팩트 있게 진행되어 완벽하다는 느낌을 갖게 만들었다.

파앙!

기세를 제압하려는 듯 박영도는 초구부터 강력한 패스트볼을 뿌렸다.

자신이 가장 자신 있어 하는 구질이었으니 기선을 제압하기에는 최적인 공이다.

한복판에 틀어박히는 스트라이크.

하지만 박현섭은 미동조차 않고 서 있다가 심판의 외침이 끝나자 천천히 물러나 빈 스윙을 했다.

완벽한 무표정.

도대체 무슨 생각을 하는 걸까.

노름을 할 때 저런 표정을 보고 포커페이스라고 부른다는 소릴 들은 적이 있었다.

상대방으로 하여금 어떤 수를 쓰려는지 전혀 알지 못하게 만든다는 무표정은 자신의 속내를 감추고 적을 단 한 번에 쓰러뜨리는 기회를 노린다.

박현섭은 쉽게 배트를 휘두르지 않았다.

몸 쪽으로 바짝 붙어 들어오다가 뚝 떨어진 커브에도 반응을 보이지 않았고 바깥쪽 높은 볼에도 손이 나가지 않았다.

볼카운트 1스트라이크 2볼.

박영도의 입장에서는 스트라이크를 넣어야 되는 입장이었는데 박현섭은 그가 던질 공을 미리 알고 있었기라도 한 듯 몸 쪽으로 들어온 커브를 그대로 받아쳐서 좌중간 안타로 만들어 버렸다.

완벽하게 몸 쪽에 붙여놓고 때리는 스윙이었기에 공은 마치 빨랫줄처럼 날아갔다.

만약 조금이라도 방향이 틀어졌다면 좌익수가 빠뜨렸을 만큼 빠른 타구였다.

강찬은 자신도 모르게 속으로 신음을 삼켰다.

유독 커브에 단점을 보이는 박영도였지만 이번 공은 거의 완벽하게 제구되었기 때문에 치기 어려울 거라 생각했는데 박현섭은 그의 판단을 비웃는 것처럼 안타를 만들어내고 말았다.

한숨이 흘러나왔고 손에서 땀이 배었다.

연속되는 안타.

에이스는 아니었지만 박영도 정도라면 무조건 5회 이상 막을 거라 생각했으나 베어스의 타자들은 생각보다 훨씬 강한 타격력으로 1회부터 압박을 하기 시작했다.

1사 만루까지 몰린 박영도는 2점을 주고 1회를 겨우 끝냈다.

다행스럽게 6번 타자를 삼진으로 잡아내고 돌아온 박영도는 1회를 던졌을 뿐인데도 목덜미가 땀으로 범벅이 되어 있었다.

김 감독도 말이 없었고 장혁태도 박영도에게 말을 붙이지 않았다.

프로는 스스로의 힘으로 살아가는 사람들이지 아마추어처럼 시합 중에 누군가에게 조언과 충고를 받은 사람들이 아니기 때문이었다.

공수가 교대되고 베어스의 선발투수 정진우가 연습 투구를 시작했다.

"쯧쯧."

김남구의 혀 차는 소리에 장혁태가 인상을 잔뜩 쓰고 지켜보다 무슨 일이냐는 듯 돌아봤다. 하지만 그도 김 감독의 혀 차는 소리가 무엇 때문인지 알고 있었기 때문에 곧 고개를 돌려 정진우가 투구하는 모습을 면밀히 관찰했다.

불펜에서 던지는 것과 또 달랐다.

단순히 시합 전의 연습 투구인데도 불펜에서 던질 때보다 묘하게 다른 구질의 공이 들어온다는 생각이 들었다.

"네가 볼 땐 어떠냐?"

"저놈 다시 1군으로 올라가겠는데요."

"그렇지?"

"볼 끝이 살아 있습니다. 전력투구를 봐야 알겠지만 연습 투구가 저 정도면 치기 어렵겠습니다."

"투수코치가 애들 듣는데 말하는 싸가지 하고는. 투수코치면 저놈의 어떤 공을 공략해야 되는지 분석해서 내놔야 되는 거 아니야?"

"감독님, 쟤는 아직 시작도 안 했어요. 제가 신도 아닌데 던지지도 않은 놈의 공을 어떻게 알아냅니까."

"왜 몰라. 그 정도 정보는 가지고 있었어야지."

뻔히 알면서도 김 감독이 자꾸 말도 안 되는 소릴 하며 물고 늘어지자 장혁태의 얼굴이 슬슬 붉어지기 시작했다.

김 감독이 선수들 앞에서 장난치는 게 한두 번이 아니지만 이럴 때는 그도 열 받는 걸 피하지 못한다.

"그럼 저를 베어스로 보내주시든가요. 그렇잖아도 작년에 윤 감독님이 오라고 했었는데 감독님이 자꾸 이렇게 갈구면 저 이번 기회에 베어스로 튑니다!"

꼭 애들 장난 같은 행동들을 감독과 수석 코치가 더그아웃에서 해대자 선취점을 허용하고 들어온 선수들의 굳어졌던 얼굴들이 슬그머니 펴졌다.

결과에 신경 쓰지 않는 수뇌부의 행동은 긴장으로 인해 조금씩 굳어졌던 선수들의 몸을 이완시켜 주는 효과를 나타내고 있었다.

이것이 경험이고 경륜이다.

그저 단순한 농담 몇 마디로 선수단의 분위기를 순식간에 바꿔 버리는 그들의 노련미는 절대 돈으로 살 수 없는 살아 있는 노하우였다.

그러나 그런 감독과 코치의 농담도 정진우의 위력적인 투구에 1, 2번이 연속으로 삼진을 당하고 들어오자 슬그머니 자취를 감추고 말았다.

볼 끝이 살아 있다는 것은 공을 뿌리는 어깨와 팔꿈치, 손끝의 조화가 절묘하게 이루어져 파워가 홈 플레이트를 통과할 때까지 죽지 않는다는 걸 의미하는 것이었다.

더욱 미치고 펄쩍 뛰게 만드는 것은 그의 볼 컨트롤 능력이었다.

공의 위력은 그렇다 쳐도 타자를 완벽하게 속여 버리는 그의 투구 능력은 혀를 내두르게 만들 만큼 완벽한 것이었다.

이글스의 두 타자가 연속으로 삼진 당한 것은 스트라이크에 의해서가 아니라 가슴 높이로 들어온 패스트볼과 포수 발끝으로 들어오는 슬라이더에 의해서였다.

척 봐도 스트라이크존을 엄청나게 벗어난 볼이었는데도 타자가 배트를 휘둘렀다는 건 심리 싸움에서 타자가 당했다는 걸 알려주는 것이었다.

정진우는 3번 타자를 유격수 앞 땅볼로 처리한 후 간단하게 수비를 마치고 들어갔는데 얼굴에는 웃음이 활짝 피어 있었다.

김 감독의 예상처럼 정진우가 선발로 나오면서 시합은 일방적으로 밀려 나갔다.

박영도는 1회를 제외하고 나름대로 호투를 했지만 3회에 1점, 4회에 1점을 추가로 내줘서 스코어는 금방 4 : 0으로 변하고 말았다.

반면 정진우는 4회까지 산발 3안타만을 내주는 완벽한 피칭을 거듭하고 있었다.

"이제 바꿀까?"

"3회에 바꾸자니까요."

"지나간 걸 왜 또 얘기해. 선발인데 그 정도는 던지게 해줘야지."

"투수코치 말도 안 들어주면 애들 운영을 어떻게 합니까."

"됐고, 누가 좋겠어?"

"강대성으로 가시죠. 어차피 오늘 릴리프들 다 돌려봐야 되니까 순서대로 내보내자고요."

김남구 감독의 제안에 장혁태는 두말없이 강대성을 추천했다.

시범 경기였기 때문에 처음부터 릴리프들을 모두 가동할

예정이었지만 점수가 벌어진 상황에서 강대성을 내보내는 게 못내 아쉬운 얼굴이었다.

지고 있는 상황에서의 등판은 투수의 기세를 약화시키는 법이다.

투수는 점수에 의해 힘을 얻는 존재들이라 지는 상황에서의 구질과 구속은 이기고 있을 때에 비해 묘한 차이가 보인다.

이글스의 2군 투수 자원은 7명이었다.

3명의 선발투수와 3명의 릴리프, 그리고 1명의 마무리 투수로 구성된 시스템이었다.

투수들의 피로도가 커지거나 부상이 생기면 예비 자원으로 언제든지 교체할 수 있기 때문에 1군보다는 숫자가 적지만 충분한 로테이션이 가능한 구성이다.

셋업맨 역할을 맡고 있는 장재수를 제외한다면 실질적인 릴리프는 강대성과 강찬 둘뿐이었다.

그 얘기는 강대성이 강판되면 강찬이 등판해야 된다는 뜻이다.

그랬기에 강찬은 강대성이 마운드에 오르는 걸 확인하며 자리에서 일어나 화장실로 뛰어갔다.

긴장 때문인지 자꾸 소변이 마려웠는데 막상 화장실에 가서는 볼일을 보지 못하고 더그아웃으로 돌아왔다.

그사이 시합은 재개되었고 시간은 총알처럼 지나가기 시작했다.

강대성 역시 긴장이 풀리지 않았던 모양이었다.

선두 타자부터 포볼로 내보내더니 안타를 얻어맞고 말았다.

오늘은 이글스가 안되는 날이다. 단순한 땅볼조차 2루수가 알을 까버리는 에러를 범해서 실점을 했으니 말이다.

강대성이 2회를 던지며 3실점을 하는 사이 다행스럽게 이글스의 타선은 베어스의 바뀐 투수를 상대로 2점을 만회해서 6회가 끝났을 때 점수는 7 : 2가 되었다.

장혁태 코치가 몸을 풀라는 지시를 내린 건 6회 공격에 들어가기 전이었는데 수비로 전환되자 그는 지체 없이 강찬을 호출했다.

출전.

온몸이 긴장으로 으슬으슬 떨렸지만 정신은 갈수록 또렷하게 맑아졌다.

3년이란 공백이 너무 크다.

이보다 훨씬 커다란 무대에서 전 국민의 관심을 받으며 스포트라이트를 받으며 던질 때도 긴장하지 않았는데 관중 하나 없는 경기장으로 올라가면서 다리가 떨리는 건 이해하지 못할 일이었다.

아마도 그건 공백에서 겪은 것이 다시는 되돌아보고 싶지 않은 고난과 고통이었기 때문일 것이다.

더그아웃에서 마운드까지 올라가는 거리는 불과 20미터밖에 되지 않았지만 후들거리던 다리는 마운드가 가까워지자 언제 그랬냐는 듯 굳건하게 땅을 차기 시작했다.

그래, 이게 바로 나다.

사내로 태어났고 누구보다 힘든 시기를 겪어왔으니 내 심장은 어떤 환경에서도 버텨낼 수 있을 만큼 뜨겁다.

누구에게도 지지 않겠다는 신념. 그 신념으로 혼신을 다해 공을 던진다.

사랑하는 사람들을 위해…….

베어스 감독 윤종운은 강찬이 마운드로 오르자 옆에 있는 투수코치를 향해 고개를 갸웃거렸다.

"저놈 어깨 망가져서 자살했다고 알려졌던 놈 아니야?"

"프로필을 보니까 맞네요. 세광고의 그 이강찬이 맞습니다."

"어깨 괜찮은 모양인데?"

"그 당시 저놈은 불같은 강속구를 던졌었죠. 제가 봤을 때 물건도 그런 물건이 없었습니다. 그런 놈이 릴리프로 나왔으니 뻔한 거 아니겠습니까. 직구의 위력을 보니 아마 어깨가 완치되지 않은 모양입니다."

"그런 모양이네. 구속이 형편없는데 재를 올린 이유는 뭐지? 오늘 너무 얻어맞아서 김남구가 실성했나?"

윤 감독은 강찬의 직구를 확인하고 하품을 했다.

앞에 나온 두 투수보다 훨씬 속도가 떨어지는 강찬의 직구는 자신이 지금 배트를 들고 타석에 나서도 쳐 낼 수 있을 만큼 위력이 없었다.

그럼에도 윤 감독은 플레이볼이 선언되고 강찬이 와인드업 자세를 취하자 눈을 오므리고 투구를 기다렸다.

뭔가 있을지도 모른다는 기대감이 그를 집중하게 만들었다.

그가 아는 이글스의 감독 김남구는 과거의 명성이나 인맥, 동정에 의해 선수를 쓰는 사람이 아니었다.

실력이 없으면 살아남지 못한다는 신념으로 정신세계가 확고히 굳어져 있기 때문에 야구계에서는 그를 돌쇠라고 부르기도 했다.

선수 기용에 타협이 없고 선배나 지인의 부탁에도 꿈쩍하지 않기 때문이었다.

그런 김남구가 저렇게 형편없는 직구를 던지는 놈에게 볼을 넘겨줄 리가 없으니 뭐가 있긴 있는 게 틀림없었다.

강찬의 초구를 확인한 윤 감독의 입에서 가벼운 탄성이 흘러나왔다.

왜 릴리프로 강찬이 나올 수 있었던지 그 이유를 알았기 때문이었다.

변화구였다.

2번째 공은 커브였고 3번째 공은 슬라이더였는데 절묘하게 타자의 몸 쪽에서 급격하게 떨어졌고 휘어지는 게 각도가 예리했다.

더욱 중요한 것은 강찬의 공이 스트라이크와 볼의 경계선에서 절묘하게 움직이고 있다는 것이었다.

저런 공은 타자에게 혼란을 줘서 정확한 배팅 타이밍을 가져가기 힘들게 만든다.

터무니없는 볼에 타이밍을 뺏긴 상태에서 배트를 휘둘러 삼진을 당한 9번 타자가 들어오자 윤 감독이 눈알을 부라리며 째려봤다.

아무리 변화구가 좋아도 저 정도의 구속을 지닌 슬라이더에 삼진을 당하고 돌아오자 그냥 순순히 들여보내는 게 싫었던 모양이었다.

좌익수인 9번 타자는 오늘 1안타를 때려서 타점을 하나 올렸을 뿐 이렇다 할 활약을 하지 못하고 있었다.

"야, 저런 슬로우볼도 못 때리냐?"

"그게 좀 이상합니다."

"뭐가?"

"저놈 공이 제 생각하고 완전히 거꾸로 들어와요."

"지랄한다."

"정말입니다. 마지막 공이 그나마 비슷했는데 오다가 갑자기 뚝 떨어지는 바람에 타이밍을 맞추지 못했습니다."

"야, 내가 보니까 공 2개 이상은 빠진 볼이었어. 무슨 핑계를 그렇게 심하게 대냐."

"치고 나니까 그렇긴 한데, 타석에 서 있을 때는 분명히 스트라이크존으로 파고들었어요. 뭔가에 홀린 것 같습니다."

타자가 머리를 긁적이며 변명을 대자 윤 감독이 보기 싫다는 듯 손을 훼훼 저었다.

그사이에 1번 타자인 박현섭이 타석으로 들어섰는데 그는 초구로 들어온 바깥쪽 커브를 그대로 통과시키고 있었다.

박현섭은 오늘 3안타를 때려 백 프로의 출루를 자랑하고 있는 중이었다.

작년에 당한 시범 게임의 복수를 완벽하게 시행에 옮기고 있는 장본인이 지금 타석에 들어서 있는 박현섭이었다.

그 당시 박현섭도 현장에 있었는데 그때는 포볼 1개 얻어낸 것이 전부였다.

그랬기에 윤 감독은 여유 있는 얼굴로 강찬과 박현섭의 승부를 지켜봤다.

점수 차가 많이 났으니 경기 결과는 크게 신경을 쓰지 않아도 될 것 같았다.

3회 남은 상태에서 5점차라면 충분히 잡을 수 있다는 자신감이 들었기 때문에 박현섭과 강찬의 승부에 정신을 집중할 수 있었다.

가만히 보니 저절로 감탄이 흘러나왔다.

자신이 비록 투수 출신은 아니었으나 야구판에서 구른 게 벌써 30년이 넘었다. 수많은 투수를 지켜본 경험이 있었고 타석에 들어서서 전설로 남아 있는 투수들의 공도 쳐 봤지만 강찬의 투구 폼은 그중에서 손꼽힐 만큼 완벽에 가까운 것이었다.

물 흐르듯이 유연하다는 표현을 하는데 강찬의 투구 모습이 꼭 그랬다.

군더더기가 하나도 없었고 릴리스에 이은 피니시는 아름답게 보일 정도로 완벽했다.

"저놈 야구 관련 광고 찍어도 되겠다. 폼 하나는 기가 막히군."

"정말 그렇습니다. 어깨 다친 것 때문에 구속이 안 나오는 것 같은데 폼 하나는 예술이군요."

혼자 중얼거린 말이었는데도 옆에 있던 투수코치는 귀신같이 알아듣고 맞장구를 쳐 왔다. 투수코치의 얼굴에는 감탄이 서려 있었는데 저 정도의 완벽한 폼은 오랜만에 봤다는 표정을 짓고 있었다.

두 사람이 강찬의 폼에 신경을 쓰는 사이 어느덧 볼카운트는 2스트라이크 1볼로 변해 있었다.

박현섭은 강찬의 공을 끝까지 주시하며 배트를 휘두르지 않았다. 분명 그는 자신이 원하는 공을 기다리고 있을 것이다.

팔짱을 낀 김 감독의 손가락이 꼼지락거렸다.

이런 순간에 담배를 피워 물면 더없이 황홀할 텐데 시합 중에는 그럴 수가 없어 오금이 저려왔다.

마침내 4구째 박현섭의 배트가 힘차게 돌아갔다.

박현섭 특유의 타격 폼.

공을 최대한 몸 쪽에 붙이고 완벽한 자세에서 임팩트를 만드는 그만의 타격 기술은 2군 중에선 톱클래스에 꼽히는 것이었다.

하지만 소리가 다르다.

정확하게 맞은 공은 경쾌한 소리를 내는데 이번에 박현섭이 때린 공은 타이어에 바람 빠지는 소리가 났다.

아니나 다를까.

공은 데굴데굴 2루수 쪽으로 굴러갔고 박현섭은 중간에서 뛰는 걸 멈췄다.

아무리 그가 준족이고 2군에서 훈련하는 입장이지만 1루수 글러브에 공이 들어가는 걸 확인하고도 전력을 다해서 뛸 만큼 정신이 없지는 않았다.

"어쩌지?"

"1회만 더 던지게 하시죠."

"그럼 셋업맨은 어쩌고? 오늘 시험 안 해볼래?"

"셋업맨은 이길 때 시험해 봐야 제격이죠. 지금 한참 지고 있는데 꼭 시험해야 되는 건 아니잖아요."

"그건 그러네."

"8회까지 던지게 하고 마무리를 내보내겠습니다."

"좋아, 맘대로 하세요."

지금까지 죽을상을 하고 있던 김남구의 얼굴이 활짝 펴진 것은 강찬이 베어스 타선을 간단하게 삼자범퇴시키고 들어왔기 때문이었다.

감독이나 코치는 언제나 최선을 다해 훈련한 선수들에 대한 기대를 가진다.

그것은 그들이 선수들을 지도하면서 가장 가까운 사람이 되었고 선수들의 땀과 눈물을 직접 확인했기 때문이다.

더군다나 강찬의 노력은 눈물겹도록 대단했고 리그 시작을 얼마 남기지 않은 상태에서 엔트리에 들어왔기 때문에 김남구나 장혁태의 기대가 남다른 면이 있었다.

그래도 이렇게 간단히 삼자범퇴를 시킬 줄은 몰랐다.

오늘따라 워낙 베어스 타자들이 방방 날랐기 때문에 투수들을 내보내면서 기가 죽을까 봐 노심초사하고 있었는데 강찬이 베어스의 타선을 완벽하게 잠재우고 들어오자 그들의 얼굴에는 웃음꽃이 절로 피었다.

강찬이 완벽하게 베어스 타선을 차단하자 타자들도 힘을 내기 시작했다.

오늘 정진우에게 막혀서 다소 주춤한 면이 있었지만 이글스의 타자들도 면면을 확인해 보면 베어스 타자들에 지지 않는 화려한 경력들을 지니고 있었다.

7회 말 공격에서 4번 타자 윤석광이 투아웃 2, 3루의 찬스에서 스리런 홈런을 때려 점수 차는 순식간에 2점까지 줄어들었다.

강찬에 이어 타자들까지 힘을 내자 김남구와 코치진의 얼굴이 화끈하게 밝아졌다.

시범 경기인 만큼 승부에 집착하는 건 아니었지만 선수들이 커다란 점수 차에 굴하지 않고 성큼성큼 점수를 좁히며 따라붙어 주자 이글스의 코치진 얼굴은 활기가 돌았다.

7회 공격이 3점만 낸 채 아쉽게 끝나자 김남구 감독은 마운드로 올라가는 강찬을 기대에 찬 눈으로 바라보았다.

8회에 나오는 베어스의 타선은 클린업트리오였다.

전회에 던진 것처럼 만약 강찬이 베어스의 클린업트리오를 완벽하게 쓰러뜨린다면 남은 8, 9회에서 대역전을 시킬 수 있을지도 모른다.

강찬은 마운드에 올라 심호흡을 길게 가져갔다.

조금 남았던 긴장감마저 투구를 하면서 모두 사라졌기 때문에 오직 그의 눈에는 타자와 포수 사이의 공간만 보였다.

넓다. 그리고 29개의 점이 명확하게 보인다.

로진백을 집어 들고 손에 묻힌 후 땅으로 던지자 흰 먼지가 쏟아지는 햇빛 사이로 스멀스멀 피어올랐다.

오늘 포수를 보고 있던 임관은 강찬이 자신을 바라보자 습관적으로 미트를 두드린 후 사인을 보내왔다.

타석에 들어선 베어스의 3번 타자 이기성은 우익수를 맡고 있었는데 작년까지 1군에서 활약하다가 극심한 타격 부진으로 2군에 내려온 선수였다.

날카로운 눈과 파워배팅으로 시즌 초반 무수한 타점을 기록하며 기대를 한 몸에 받던 이기성이 타격 부진에 빠진 것은 간단한 이유 때문이었다.

무릎을 파고드는 인코스에 약점이 있다는 것이 알려지면서 모든 투수가 승부구를 그쪽으로 가져간 것이 그를 나락으로 빠뜨려 버렸다.

나름대로 대비책도 세우며 살아남기 위해 갖은 애를 썼지만 한번 보인 약점을 투수들은 그냥 내버려 두지 않았다.

강찬은 임관이 보내온 사인을 보면서 흐릿하게 웃었다.

언젠가 이기성에 대해서 토론한 적이 있었다.

임관은 그가 2군으로 내려온 것은 약점을 커버링하기 위함이니 분명 무릎으로 들어오는 구질에 대한 대비를 철저히 했을 거라며 가급적 그쪽 코스는 피하는 게 좋을 것 같다는 결론을 내렸다.

하지만 강찬은 그런 결론에 동의하지 않았다. 한번 약점을 보인 코스는 인위적으로 노력한다고 해서 완벽하게 해소되지 않는다는 게 강찬의 주장이었다.

물론 대비를 해놓고 기다린다면 얻어맞을 확률이 컸지만 스트라이크가 아니라 볼을 던진다면 이야기는 달라진다.

이기성이 1군에 있을 때 대부분의 투수는 승부구로 그쪽 코스에 스트라이크를 꽂아 넣었으나 강찬은 그의 심리를 거꾸로 이용해서 볼로 승부할 생각이었다.

임관의 초구 사인은 포수의 왼발로 뚝 떨어지는 커브를 던지라는 것이었다.

강찬이 얼굴에 슬쩍 웃음을 떠올린 건 네 말이 맞는지 확인해 보자는 임관의 의도가 뻔히 보였기 때문이었다.

놈은 이 와중에도 자신의 주장이 틀리지 않았다는 걸 증명하고 싶었던 모양이었다.

초구였으니 슬로커브는 안 된다.

최대한의 구속으로 던져야 속을 가능성이 커지기 때문에 강찬은 전력을 다해 공을 뿌렸다.

29개의 점 중 6번에서 공이 세 개 더 빠진 지점이다.

강찬의 손가락을 떠난 공은 타자의 무릎 높이로 빠르게 날아가다가 홈 플레이트에서 뚝 떨어지며 땅바닥으로 내리꽂혔다.

임관이 코스를 알고 대비했기 망정이지 그렇지 않았다면 뒤로 충분히 빠져나갈 수도 있던 공이었다.

그러나 그런 공을 이기성의 배트는 조금의 망설임도 없이 따라 나왔다.

땅바닥에 처박힌 공을 칠 수 있는 타자는 없으니 헛스윙이 되었고 강찬은 임관을 향해 회심의 미소를 날렸다.

그때부터 강찬은 철저히 바깥 코스 위주로 승부를 벌였다.

누가 보더라도 햇갈릴 수밖에 없을 만큼 스트라이크존의 경계를 아슬아슬하게 통과하는 공들이 들어왔기 때문에 심판이 세 개의 공 중 두 개를 볼로 판정하자 이글스의 더그아웃에서 불만 섞인 소리가 흘러나왔다.

2스트라이크 2볼.

그동안 계속해서 바깥쪽으로 공을 던진 것은 초구에 던졌던 구질을 승부구로 삼기 위함이었다.

코스는 같았으나 구질이 달랐고 속도가 달랐다.

초구는 130㎞/h에 육박하는 스피드의 급격히 떨어지는 커브였으나 이번에 던진 승부구는 115㎞/h짜리 체인지업이었다.

이기성의 배트가 초구처럼 똑같이 돌아갔으나 이미 그의 엉덩이는 빠진 상태였다.

타이밍을 놓친 상태에서 휘두른 스윙은 엉성하기 짝이 없어 보는 사람마저 안타까움을 느끼게 만들었다.

이글스의 더그아웃에서 환호성이 나왔다.

비록 게임은 지고 있었으나 강찬이 계속해서 호투를 거듭하자 팀 분위기가 완전하게 살아나서 마치 이기는 게임을 하고 있는 것처럼 느껴질 정도였다.

그러나 그들은 베어스의 거포 4번 타자 오태진이 나오자 순식간에 조용해졌다.

그는 오늘 2개의 안타를 쳤고 그중 1개는 장외를 넘어가는 솔로 홈런이었다.

부웅, 부웅!

오태진의 스윙 소리가 바람을 갈랐다.

강력한 파괴력의 소유자. 오태진은 부상으로 인해 잠시 2군으로 내려와 있는 베어스의 주전 포수이자 진정한 4번 타자였다.

오태진이 타석에 들어서자 임관의 손이 바쁘게 움직이기 시작했다.

그의 사인은 반복해서 흘러나왔는데 강찬의 머리가 흔들릴 때마다 쉬지 않고 계속됐다.

초구 사인이 결정된 것은 오태진이 참지 못하고 타석에서 잠시 물러났다가 다시 들어온 후였다.

오태진은 임관과 강찬의 사인플레이를 보면서 빙그레 웃었는데 마치 아이들 장난을 지켜보는 어른의 넉넉한 표정처럼 보였다.

안쪽 가슴 높이로 떨어지는 커브가 초구다.

가슴 높이로 떨어지는 커브를 던지기 위해서는 공의 최대 변곡점이 타자의 머리까지 올라갈 만큼 높아야 한다.

다시 말해 스트라이크존에 걸친 곳이었으나 타자는 완벽한 볼이라고 판단해서 배팅을 포기하고 뒤로 물러날 만큼, 들어가기만 하면 꼼짝 못하고 당할 수밖에 없는 코스다.

하지만 대부분의 투수가 이 코스를 던지지 못하는 건 완벽한 제구력이 따르지 못하면 타자를 맞히거나 볼이 되는 경우가 많기 때문이었다.

그러나 강찬은 자신 있게 공을 뿌렸다.

제구는 완벽했고 구속도 최대를 유지했다.

오태진이 가장 좋아하는 코스는 허리에서 약간 높은 몸 쪽 직구였기 때문에 1군에 있는 투수들은 가급적 아웃코스 낮은 쪽으로 승부를 보곤 했다.

강찬이 몸 쪽 높은 코스에 공을 던진 것은 그러한 발상을 역으로 이용한 것이었다.

공이 폭포수처럼 떨어지자 심판이 머뭇거리다가 스트라이크를 외쳤다.

이런 코스는 오랜만에 본 듯 심판은 스트라이크를 외쳐 놓고도 타자가 자신을 쳐다보자 고개를 갸우뚱거렸다.

하지만 그의 판정은 번복되지 않았다.

생각했던 대로 초구를 잡아낸 강찬의 어깨가 처음보다 훨씬 부드러워졌다.

오태진이 의외라는 시선으로 자신을 바라봤지만 강찬은 그의 눈을 마주 바라보지 않고 임관의 사인을 확인했다.

오태진, 35살의 노장이다.

나이로 따지면 큰형을 넘어 삼촌뻘까지 올라갈 만큼 인생이나 야구의 경력에서 비교조차 할 수 없는 사람이었다.

마지막 불꽃을 태우기 위해 2군으로 내려와 있는 그의 얼굴에는 젊은 선수들이 가지고 있지 못하는 여유로움이 언제나 가득했다.

지금도 마찬가지.

예상치 못한 초구가 들어왔으나 그는 의외라는 표정을 잠깐 짓더니 곧 미소를 지으며 2구를 기다렸다.

기다릴 줄 안다는 것과 눈이 좋다는 것은 어찌 보면 일맥상통하는 것이라고 볼 수 있었다.

뛰어난 선구안을 지닌 사람은 타자를 현혹시키는 볼을 가려내는 능력이 있기 때문에 배트를 쉽게 휘두르지 않는다.

하지만 경험이 부족하고 선구안이 모자란 타자는 스트라이크존을 향해 들어오다 절묘하게 빠져나가는 터무니없는 볼에 배트가 나가기 때문에 타율이 좋을 수 없다.

그런 면에서 본다면 오태진은 베테랑이었으며 뛰어난 선구안을 지닌 타자였다.

전성기 때는 골든글러브를 따낼 정도로 훌륭한 타자였고 작년에도 1군에서 26개의 홈런을 때려낸 바 있으니 확실한 홈런 타자 중 하나가 분명했다.

강찬의 유인구를 오태진이 꼼짝하지 않고 흘려보낸 건 정확하게 공을 볼 줄 아는 눈이 그만큼 좋다는 것을 의미했다.

1스트라이크 2볼.

강찬은 오태진의 여유로운 얼굴을 보면서 침을 꿀꺽 삼켰다.

역시 여우답게 칼같이 제구된 유인구에 손이 따라 나오지 않는다.

이제 여기서 또다시 볼을 던진다면 벼랑까지 몰리기 때문에 강찬은 로진백을 만지작거리며 슬쩍 임관을 바라봤다.

임관도 긴장이 되는지 혀를 내밀어 입술을 핥고 있었다.

1아웃에 루상에는 주자가 없고 점수는 2점 차인 상황에서 그는 과연 이번에도 유인구를 던지면 기다릴까?

아마, 그렇지 않을 것 같다는 생각이 든다.

4번 타자는 홈런을 양산하는 자리지 포볼을 기다리는 자리가 아니다.

그랬기에 강찬은 임관의 계속되는 사인을 기다리다가 자신이 원하는 것이 오자 곧바로 고개를 끄덕였다.

초구와 구속은 비슷했고 코스도 같다.

하지만 이번에 강찬이 던진 것은 허리 쪽으로 날아온 스트라이크였다.

아니다, 그렇게 보였을 뿐 오태진이 몸 쪽으로 날아온 공을 향해 배트를 내민 순간 공은 스트라이크존에서 뚝 떨어지며 포수의 왼발 등을 향했다.

임관이 정상적인 포구를 못 하고 몸으로 브로킹을 할 만큼 땅바닥으로 처박힌 공이었다.

어이없는 공에 배트를 휘두른 후 그는 책망이나 하듯 자신의 머리를 툭툭 두들겼다.

그러나 그것이 다였다.

오태진은 타석을 벗어나 가볍게 빈 스윙을 한 후 다시 타석으로 들어섰는데 강찬을 향해 습관적으로 웃음을 보였으나 이전과 웃음의 강도가 달랐다.

적장의 목을 베기 위해 칼을 빼든 장수처럼 그의 웃음에는 이전과 다르게 한 치의 관용조차 담기지 않은 창백한 한기가 담겨 있었다.

치켜세운 배트. 날카롭게 노려보는 눈.

우직한 체구에서 뿜어져 나오는 괴력이 느껴졌으나 강찬은 천천히 마지막 공을 준비했다.

풀카운트까지 끌고 갈 생각은 없다.

죽든, 살든 이번 공으로 이 승부를 끝내고 싶었다.

피한다고 해서 피해지는 거라면 어떡하든 피하고 싶었으나 야구는 투수가 타자를 제압해야만 끝나는 게임이다.

지금까지 던진 4개의 공은 의도적으로 자신이 던질 수 있는 최대로 빠른 공과 가장 느린공을 섞어 던졌다.

커브가 2개였고 슬라이더가 1개, 체인지업이 1개였다.

비록 강찬의 구속이 최대 130km/h밖에 되지 않지만 최저 구속을 105km/h까지 끌어내렸으니 속도의 차이가 25km/h에 달할 정도로 컸다.

내색은 하지 않고 있으나 오태진의 눈은 충분히 혼란에 잠졌을 것이다.

둘 중 하나.

직구와 비슷한 속도의 파워커브냐 아니면 춤추듯 완벽하게 타이밍을 뺏으며 들어오는 슬로커브냐를 고민할 것이다.

하지만 강찬의 구질은 커브만 있는 게 아니었으니 오태진은 훨씬 커다란 고민에 빠질 수밖에 없다.

스트라이크를 던지지 않았을 뿐 강찬의 슬라이더와 체인지업은 완벽한 제구력을 자랑하기 때문이다.

타자가 구질과 구속을 모두 고민해야 된다면 이번 승부는 투수가 유리할 수밖에 없다. 타자는 수많은 변수를 고민하며 기다려야 하지만 투수는 결정된 승부구만 던지면 된다.

그럼에도 강찬은 오태진의 눈을 바라보며 슬그머니 침을 삼켰다.

빈틈이 안 보인다.

타석을 장악하고 배트를 세운 채 공을 기다리는 오태진의 타격 자세는 너무 완벽해서 어떤 곳으로 던져도 그냥 통과될 것 같지 않았다.

망설이면 더욱 어려워진다.

결정을 했다면 망설이지 않고 승부해야만 좋을 결과를 이끌어낼 수 있다.

그런 마음으로 왼다리를 가슴까지 끌어 올리며 타자의 허리를 향해 공을 던졌다.

120㎞/h짜리 중속 슬라이더.

오태진의 눈에 전혀 익지 않았던 속도의 슬라이더가 허리 높이로 날아가다 급격하게 빠지며 포수의 오른쪽 무릎을 향해 떨어졌다.

타자의 바깥쪽에 꽉 찬, 완벽하게 제구된 슬라이더였다.

강찬은 공을 던진 후 타자의 반응을 보며 이겼다는 생각을 가졌다.

투수는 자신의 손에서 공을 떠난 순간 타자의 반응을 감각적으로 확인할 수 있는데 홈런을 맞거나 안타를 맞는 경우는 배트의 궤적이 기가 막히게 유연하다.

그러나 오태진의 배트는 유연하지 못했고 정확한 타이밍을 잡지 못한 채 흘러나왔기 때문에 강찬은 그가 공을 제대로 맞추지 못할 거라 예상했다.

그리고 그 예상은 정확히 맞았다.

뚜욱!

경쾌한 타격음이 아니다.

정확한 타이밍에서 배트에 맞춘 공이라면 절대 저런 소리가 나올 수 없으니 빗맞은 공이 분명한데 타구는 어이없게도 유격수의 옆쪽으로 빠져나가고 있었다.

정말 괴력의 소유자다.

제대로 공을 맞추지 못했는데도 굴러간 공이 속도를 유지한다는 건 그만큼 배팅의 파워가 대단하다는 걸 의미하는 것이었다.

비록 안타를 맞았지만 강찬은 풀썩 웃고 말았다.

오태진의 안타는 행운에 불과한 것이었고 자신의 공은 그린 것처럼 원했던 코스에 정확히 제구되어 완벽하게 타자의 타이밍을 뺏었으니 이긴 건 자신이란 생각이 들었다.

그랬기 때문에 주자가 1루에 나갔어도 강찬은 담담하게 5번 타자를 맞이할 수 있었다.

베어스의 5번 타자 김양수도 1군에서 내려온 선수였다.

김양수의 경우에는 이기성과 반대로 수비에서 문제가 생겼기 때문에 내려온 케이스였다.

3루수를 맡고 있던 김양수는 작년 1군 리그에서 여러 번 결정적 수비 실책을 범해 팀을 패배하게 만든 주범이었다.

베어스의 1군을 맡고 있는 진재광 감독은 웬만해서 성질을 부리지 않는 사람이었는데 김양수가 중요한 시합의 승부처에서 평범한 땅볼을 빠뜨려 상대편에게 주자 일소 3루타를 만들어주자 거품을 물며 의자에 앉다가 뒤로 넘어지는 장면이 전국에 생중계되기도 했다.

김양수가 2군에 내려온 것은 그다음 날이었는데 내려오면서 한 말이 걸작이었다.

'씨발. 하필이면 그때 왜 왕개미가 보이는 거야. 갑자기 공이 날아오는데 이런 생각이 들더라고. 공에 왕개미가 맞으면 죽을 것 같더라니까. 그 생각하느라 결국은 내가 죽고 말았지만 말이야.'

그럴 리는 없었을 테니 그가 만들어낸 말일 것이다.

그만큼 삶에 여유를 가지고 있다는 뜻인데 그것이 선천적인지 자라나면서 생성된 성품인지는 알 수 없다.

어찌 되었든 김양수는 삶을 낙관적으로 바라보는 여유가 있는 사람인 모양이었다.

어슬렁거리며 타석에 들어선 김양수는 심판에게 정중하게 인사한 후 배트를 빙빙 돌리다가 천천히 멈춘 후 강찬을 가리켰다.

일직선으로 뻗어 나온 배트는 강찬의 가슴을 가리키고 있었는데 마치 칼을 겨눈 것처럼 기분이 나빴다.

야구 선수들은 각각 특유의 타격 폼을 가진다.

선수에 따라 타격을 준비하는 배트의 각도가 제각각 다르고 왼다리의 모션도 발꿈치만 살짝 드는 사람이 있는 반면 아예 통째로 드는 사람도 있고 아예 움직이지 않는 선수들도 많다.

하지만 김양수처럼 배트로 투수를 가리키는 경우는 그렇게 많지 않았다.

그런 행위는 투수에 대한 도발이고 예의에 어긋나는 짓이기 때문이다.

배짱과 여유가 함께하는 선수라고 했는데 잘못 알고 있었던 걸까? 아니면 2군으로 떨어지면서 본래의 성격이 바뀐 것일까?

어떤 것이든 그의 변화는 좋아 보이지 않는다.

그럼에도 강찬은 내색하지 않고 투구에 집중하려 노력했다.

지금은 어떠한 도발도 참아내고 아웃 카운트를 늘리는 게 무엇보다 중요하다.

영상분석실에서 얻어낸 김양수의 정보는 빠른 직구에도 강했지만 커브를 받아치는 데도 일가견이 있다는 것이었다.

2시즌 동안 1군에서 머물면서 면도날 같은 제구력을 가진 투수들을 상대로 2할 8푼의 타격 솜씨를 자랑했으니 훌륭한 타자임은 틀림없었다.

그러나 강찬은 긴장하지 않았다.

던지고 싶은 대로 던지고 결과는 그대로 받아들인다.

최선을 다했는데도 타자에게 안타를 맞거나 홈런을 맞는다는 건 어쩔 수 없는 일이니 일희일비하지 않고 혼신의 힘을 다할 뿐이다.

베어스의 타자들은 강찬의 공을 보며 금방 구질을 파악했다.

직구가 없는 투수.

정말 이해할 수 없을 정도로 강찬은 직구를 한 번도 던지지 않았다.

베어스의 더그아웃에서는 강찬의 투구를 분석하며 망가졌던 어깨가 완쾌되지 않으면서 직구를 못 던지는 것으로 결론을 내렸다.

그러면서도 이해를 하지 못한 얼굴들이었다.

130㎞/h에 달하는 변화구를 던지면서 직구를 던지지 못한다는 건 정말 이해하기 힘든 일이었기 때문이었다.

구질은 세 가지였지만 그런데도 치기가 무척 까다롭다.

구속의 변화가 심하고 면도날처럼 절묘한 제구력과 변화구의 각도가 예리해서 타자들은 번번이 헛스윙을 거듭했다.

그건 월등한 타격 능력을 가진 김양수도 마찬가지였다.

스트라이크와 볼의 경계를 넘나들며 떨어지는 커브와 완전히 휘어져 나가는 슬라이더에 헛스윙과 파울을 쳐 내면서 볼카운트는 2스트라이크 1볼로 변했다. 여유가 넘치던 그의 얼굴에서 서서히 긴장감이 피어오른 건 그때부터였다.

그는 독사처럼 눈을 오므린 채 강찬의 투구를 기다렸는데 그 눈빛이 마치 불타는 것처럼 보일 지경이었다.

저것은 투지다. 절대 지지 않겠다는 열정이며 염원이다.

안다, 그 마음. 그러나 당신의 그 마음보다 나의 간절함이 훨씬 크고 강하니 나는 이 싸움을 반드시 이겨야 한다.

심호흡을 고르고 와인드업 자세를 취했다.

머리에서 시키지 않았어도 땅을 박차고 올라온 왼발은 복부를 슬쩍 터치하고 홈 플레이트 쪽으로 힘차게 전진했다.

손을 떠난 공의 회전이 강하게 느껴지며 손끝에 알싸한 감각이 피어올랐다.

정확하게 릴리스 포인트에서 공을 놓았을 때 느끼는 현상이다.

공의 궤적이 슬로비디오처럼 강찬의 눈에 들어왔다.

강찬의 손을 떠난 공은 정확히 타자의 배꼽을 향해 날아갔는데 실투로 여겨질 정도로 한복판을 향해 들어가고 있었다.

김양수의 배트가 슬쩍 뒤로 돌아가더니 왼쪽 엉덩이를 돌리며 풀스윙을 가져갔다.

위력이 없는 공.

정확하게 임팩트만 된다면 무조건 펜스를 넘길 수 있을 거라 여겨질 정도로 형편없는 공이었다.

가끔가다 투수들은 시합을 하면서 이런 실투를 한두 개씩 하는데 노련한 타자들은 절대 이런 실투를 놓치지 않는다.

그러나 강찬의 커브는 실투가 아니었다.

한복판으로 들어오던 공이 홈 플레이트에서 급격히 떨어지며 밑으로 쑤셔 박혔다.

그대로 두면 볼이겠지만 이미 배트는 준비 자세를 끝내고 공을 향해 휘둘러진 상태였다.

여기서 김양수의 타격 감각이 얼마나 뛰어난지 알 수 있었다.

웬만한 타자들은 헛스윙을 하고 삼진으로 물러났을 텐데 김양수는 급하게 배트의 각도를 끌어 내리며 볼을 커트했다.

엄청난 순발력이었고 대단한 터치 능력이었지만 그것이 오히려 더 나쁜 결과를 만들어냈다.

그가 커트해 낸 공이 데굴데굴 굴러 2루수 정면으로 향했던 것이다.

병살타.

이글스의 더그아웃에서 함성이 터져 나왔고 반면 베어스의 더그아웃에서는 한숨이 새어 나왔다.

최고의 투구였고, 최선의 타격이었으며, 최악의 결과였다.

"수고했어. 잘 던졌다."

게임이 끝나고 클럽하우스로 돌아오는 길에 장혁태는 강찬의 어깨를 두들기며 칭찬을 해주었다.

한 번도 기꺼이 칭찬해 준 적 없던 완고한 코치였기에 강찬은 칭찬을 들은 후 멍하게 그의 뒷모습을 바라보았다.

결국 시합은 지고 말았다.

강찬은 8회를 끝내고 무실점으로 마무리 투수와 교체되었으나 타자들이 득점에 실패하면서 게임 스코어는 7 : 5로 끝났다.

게임이 끝나고 클럽하우스로 들어온 선수들의 얼굴은 모두 굳어져 있었다.

다른 선수들이 잘할 때마다 함성을 지르고 격려하던 그들이었지만 시합이 끝나고 반성의 시간이 되자 모두 입을 닫아건 채 자신만의 생각에 잠겼다.

자신의 경기력에 백 프로 만족하는 사람이 누가 있겠는가.

더군다나 여기에 있는 선수들은 1군이라는 목표를 위해 앞만 보며 뛰는 사람들이었다.

조금의 실수도, 조금의 아쉬움도 남기면 안 되는 사람들이란 뜻이다.

선배들이 모두 들어간 후 강찬은 홀로 남아 플로어에 놓여 있는 의자에 주저앉았다.

어차피 선배들 먼저 샤워를 할 테니 기다리는 동안 오늘 있었던 경기를 생각해 보기 위함이었다.

못 던진 것은 아니었지만 그렇다고 백 프로 만족하기도 어려운 투구 내용이었다.

타자마다 코너워크를 한 칸만 더 내렸더라면 어땠을까, 커브를 슬라이더로 바꿨더라면 더 효율적이었을 텐데 등등 별별생각이 계속해서 떠올랐다.

그랬기에 누군가 앞에 앉는 것도 신경 쓰지 못했다.

어떤 일에 집중하면 다른 것에는 관심을 두지 않는 성격이었기 때문에 강찬은 자신만의 세계에 빠져 누군가 자신을 바라보고 있다는 것을 알아채지 못했다.

"강찬 씨, 사람이 왔으면 좀 봐야 되는 거 아니에요?"

"아……."

소리가 들린 후에야 맞은편에 앉아 있는 최민영의 모습이 눈에 들어왔다.

하얀 와이셔츠에 청바지를 입은 그녀는 캠퍼스를 거니는 여학생처럼 스포티했는데 그 모습이 무척이나 어울렸다.

강찬이 뒤늦게 감탄하듯 그녀의 출현에 반응을 보이자 최민영의 얼굴에서 웃음이 활짝 피어났다.

"뭐예요, 그 표정은?"

"놀라서요. 오시는 거 몰랐거든요."

"무슨 생각을 그렇게 골똘히 해요? 사람 오는 것도 모를 정도면 대단한 고민인가 보죠?"

"아닙니다. 오늘 투구 내용을 복기하고 있었습니다."

"그렇군요. 하여튼 축하해요."

"뭘요?"

"첫 등판, 그리고 무실점 역투."

"별거 아닌 거 가지고 너무 그러시니까 부끄럽습니다."

"어허, 남자가 부끄럽긴 뭐가 부끄러워요. 그리고 잘한 건 잘한 거잖아요. 아까 보니까 무뚝뚝이 장 코치님도 칭찬해 주던데요, 뭘."

"그거야, 격려차……."

"됐고요. 오늘 다른 훈련 없다니까 우리 오늘 축하 파티나 해요."

"축하 파티라뇨?"

"오늘 무실점 완벽투를 해줘서 너무 고마웠거든요. 제가 밥 살 테니 관이 씨랑 같이 가요."

"코치님한테 허락받아야 될 텐데요."

"그건 제가 이미 얘기해 놨어요. 그러니까 이따 5시에 여기로 나오면 돼요. 알았죠?"

"네, 알았습니다."

최민영의 강권에 강찬이 얼떨결에 고개를 끄덕였다.

고개를 끄덕였지만 얼른 이해가 되지는 않았다.

오늘의 경기는 시범 경기였지만 공식적인 첫 경기였고 시합에서 졌기 때문에 팀 분위기는 그리 밝은 편이 아니었다.

감독이나 코치들뿐만 아니라 제대로 활약을 하지 못한 선수들은 아직도 굳은 얼굴을 펴지 못하고 있는 상태였는데 팀을 관리하는 최민영이 시합을 잘했다며 밥을 산다는 건 앞뒤가 맞지 않는 일이었다.

4시가 조금 넘자 샤워를 마치고 강찬의 방으로 들어온 임관이 설레발을 치기 시작했다.

그는 어느새 운동복을 벗어버리고 멋들어지게 옷을 쫙 빼입은 것이 오늘 저녁 행사에 꽤나 신경 쓴 모습이었다.

아직도 시간은 한참이나 남았지만 임관은 강찬이 침대에 누워 뒹굴대자 사정없이 독촉을 해왔다.

"빨리 옷 갈아입어!"

"야, 인마. 시간 많이 남았다. 그리고 난 아직 결정하지 못했어. 갑자기 밥을 산다고 하니까 또 장난치는 거 아닌가 하는 생각이 든단 말이야."

"이번엔 장난 아니다."

"네가 그걸 어떻게 알아?"

"클럽하우스 밖에 예쁜 여자가 한 명 와 있거든."

"그건 또 뭔 소리냐?"

"민영 씨 친구가 내려왔단다. 그래서 오늘 외식을 나가야 하는데 겸사겸사 우릴 축하해 주고 싶었대."

"둘이 먹으면 되지 우린 왜 끌어들여?"

"너무 잘 던져서 감동을 받아다나 뭐라나. 하여간 장난 아니니까 빨리 준비해."

"난 옷 입는 데 5분도 안 걸려."

"여자들하고 밥 먹는다는데 광 안 낼 거야?"

"데이트하러 가는 것도 아닌데 무슨 광을 내. 옷만 갈아입으면 되지."

"헐, 미친놈. 이게 다 야구 탓이다. 야구에 미친 놈이니 여자가 눈에 들어오겠어? 아무리 생각해도 큰일이다, 큰일이야."

강찬이 자신과 달리 시큰둥한 표정을 짓자 임관이 열심히 혀를 찼다.

물론 데이트는 아니지만 그렇다고 무신경하게 나선다는 건 말도 안 되는 짓이었다.

일단, 최민영의 친구가 서울에서 왔고 최민영 자체도 어디 가서 뒤지지 않을 만큼 미인이었으니 젊은 사내의 가슴이 벌렁거리는 건 당연한 것이었다.

그런데도 강찬은 아무런 감흥이 없는 모양이었다.

사람일은 어떤 일이 생길지 알 수 없는 법.

최민영의 친구를 자세히 보지 못했지만 정말 예쁘고 착하다면 사귀게 될 가능성도 있는 것 아니겠는가.

그런 가능성이 열려 있으니 오늘 저녁은 흥분의 도가니 속에서 허우적거릴지도 모르는데 강찬 이놈은 꿈쩍도 하지 않는다.

임관이 옆에서 잔소리를 해댔어도 눈만 껌벅이던 강찬은 결국 10분 전에야 옷을 갈아입고 방문을 나섰다.

청바지에 면 티에 불과했지만 매일 입는 운동복에서 벗어나자 강찬의 외모는 어느새 모델처럼 멋있게 변해 있었다.

시합을 끝내고 샤워를 했기 때문에 말끔하게 로션만 발랐는데 그것만으로도 때 빼고 광낸 임관과 비교조차 할 수 없을 만큼 멋들어졌다.

둘이 플로어에 나타나자 미리 기다리던 최민영이 서둘러 정문을 빠져나갔다.

구단의 저녁 식사 시간은 6시부터였으니 지금쯤 선수들은 자신들의 방에서 휴식을 취할 시간이었기 때문에 플로어에는 사람의 모습이 하나도 보이지 않았다.

그럼에도 최민영은 누군가가 보는 걸 원치 않았던지 빠른 걸음으로 주차장을 향해 걸어갔다.

그녀가 걸어간 곳에는 하얀색 벤츠가 주차되어 있었고 최민영이 다가서자 문이 열리며 여자가 나왔다.

흰색의 원피스를 입은 여자는 4월의 봄에 어울릴 만큼 싱그러웠고 아름다웠다.

그녀의 입술은 마치 앵두와 같았고 두 눈은 이슬을 머금은 것처럼 촉촉이 젖어 있었다.

"왜 이렇게 늦었어? 심심해서 혼났잖아."

목소리조차 외모와 어울리게 경쾌하다. 높지도 낮지도 않은 억양에 사람의 마음을 편하게 만드는 목소리를 가진 여자였다.

그런 여자를 향해 최민영이 활짝 웃으며 입을 열었다.

"멋있는 남자들 조달하느라 늦었지, 왜 늦었겠어?"

"얼씨구."

최민영의 농담에 여자의 눈이 탐색하듯 뒤에 서 있던 강찬과 임관을 향해 다가왔다.

말과는 달리 그녀의 눈은 기대에 차 있었는데 남자들을 확인한 그녀의 입에서 밝은 미소가 생겨났다.

"만나서 반가워요."

"혜란아, 사람들 보니까 일단 나가자. 소개는 이따가 해."

여자의 이름은 유혜란이었다.

최민영과는 대학 동창이었고 작년에 졸업한 후 지금은 디자인 회사에 다닌다고 했다.

간단한 소개였지만 그녀의 신분이 단순하지 않다는 건 금방 알 수 있었다.

나이 어린 여자가 벤츠를 탄다는 것뿐만 아니라 들고 다니는 가방도 샤넬이었으니 절대 평범한 집안 여자는 아니다.

언젠가 들은 바로는 사각봉투만 한 샤넬백은 천만 원이 넘는다고 했으니 이건 돈다발을 들고 다니는 것과 마찬가지다.

앞에 탄 두 여자는 잠시도 쉬지 않고 수다를 떨었다.

유혜란의 운전 솜씨는 보통이 아니었는데 가속과 브레이킹이 너무 능숙하고 부드러워 차에 탄 것처럼 느껴지지 않을 정도였다.

물론 최고급 벤츠가 주는 승차감이 바탕에 깔려 있겠지만 그런 점을 감안하더라도 그녀의 운전 솜씨는 꽤나 훌륭한 것이었다.

이글스 구장에서 외식을 하기 위래 나갈 수 있는 곳은 결국 서산밖에 없었다.

대전은 너무 멀었고 다른 대도시는 더욱 멀었으니 그들은 할 수 없이 서산으로 향했다.

구장에서 서산 시내까지는 불과 10분밖에 걸리지 않았는데 미리 예약을 해놨던지 유혜란은 거침없이 운전을 해서 '루나리치' 라는 가게의 건물 앞에 차를 주차시켰다.

최민영의 말로는 서산에서 가장 맛있는 집이라고 했는데 루나리치는 이탈리안 레스토랑이었다.

안으로 들어서자 사람들이 꽉 차 있었다.

맛있는 집으로 소문났다는 최민영의 말은 사실인 모양이었다.

최민영이 앞으로 나서서 종업원에게 자신의 이름을 말하자 가게 안쪽의 아늑한 탁자로 안내를 해주었는데 빈 탁자는 거기뿐이었다.

특이한 장식을 가진 가게다.

한쪽 벽에는 나무에다 포도주를 거꾸로 박아 넣은 장식장이 있었고 커다란 잔에 꽃잎을 담아 세워놓을 수 있도록 만든 철제 받침이 기둥을 빙 돌아가며 타고 내려왔다.

최민영은 예약을 하면서 미리 정식을 시켜놓았다고 했는데 그들이 자리에 앉자 곧바로 양송이스프와 잘라진 마늘빵이 나왔다.

강찬은 자라면서 이런 곳에 와본 적이 거의 없었다.

돈도 없었고 기회도 없었으니 어쩌면 당연한 일일지도 모른다.

임관은 포도주가 들어가자 슬슬 말이 많아지기 시작했다.

기대감은 자신도 모르게 가벼운 흥분을 유발시키는 촉매제가 되기도 한다.

“혜라 씨는 몇 살입니까?”

“스물넷이에요.”

“아, 저랑 나이가 같군요.”

"그런가요? 내가 한 살 많은 걸로 알고 있었는데 아닌가 보네요."

임관이 한 살 올려서 말을 했지만 유혜란은 그저 빙긋 웃었다.

부정하지도 않고 긍정하지도 않는다.

최민영에게 미리 이야기를 들었기 때문에 뻔히 남자의 나이가 한 살 적다는 걸 알면서도 곧바로 부정하지 않는다는 건 그녀의 마음이 그만큼 너그럽다는 걸 의미하는 것이었다.

그렇다고 전혀 모르는 척하지도 않았다.

알고 있을지도 모른다는 조금의 멘트는 언젠가 때가 되면 사내의 태도를 압박할 수 있는 수단으로 작용하게 마련이다.

임관이 자신의 말을 수습하기 위해 급히 화제를 돌린 것은 그런 유혜란의 의도를 어느 정도 눈치챘기 때문이었다.

"초등학교를 일 년 늦게 들어갔습니다. 호적도 잘못됐거든요. 그건 그렇고, 민영 씨를 보려고 여기까지 온 건가요?"

"대학교 때 단짝이었어요. 민영이는 대학 다닐 때 저보다 훨씬 디자인 감각이 뛰어났고 성적도 좋았는데 갑자기 프로야구단 일을 한다고 해서 많이 놀랐어요. 항상 같이 다녀서 학교 다닐 때는 레즈비언 아니냐는 소릴 들을 만큼 친했는데 서산에 내려와 있으니 잘 못 만나게 되더라고요. 그러니 어쩌겠어요. 목마른 사람이 우물 파야죠."

"그렇군요."

"하지만 오늘은 조금 다른 일이 있어서 왔어요."

"다른 일요?"

"오늘은 제가 민영이한테 졸라서 마련한 자리예요. 꼭 만나고 싶은 사람이 있었거든요."

유혜란은 뭔가 의미 있는 웃음을 짓고 있었는데 그녀의 도발적인 눈빛이 예사롭지 않게 빛났다.

뭔가 이상하다.

궁금한 것은 물어봐야 하고 누군가가 그 궁금증을 가로막는다면 더욱더 그렇다.

그렇기 때문에 임관은 궁금증을 풀기위해 지체 없이 말을 이어나갔다.

"만나고 싶은 사람이 누군데요?"

"글쎄요, 그건 지금 말하면 안 될 것 같은 분위기네요."

유혜란은 직접적인 대답을 하지 않았지만 시선은 강찬을 향하고 있었다.

아무리 눈치 없는 놈이라도 그 정도 액션이면 충분히 짐작이 갈 정도였기 때문에 임관과 강찬의 얼굴이 동시에 변했다.

이해가 되지 않는 상황에 강찬은 황당한 표정을 지었다. 유혜란이란 여자는 아무리 기억을 뒤집어봐도 처음 보는 사람이었기 때문이었다.

그랬기에 강찬은 잔을 들어 포도주를 한 모금 마신 후 천천히 입을 열었다.

“절 아세요?”

“그럼요. 3년 전 전국을 떠들썩하게 만들었던 세광고의 천재 투수잖아요.”

“그럼 그것 때문에 절 만나고 싶었던 건가요?”

“아뇨.”

“그럼 왜죠?”

“누군가가 당신을 맘에 들어 하기에 어떤 사람인가 보고 싶었어요.”

그녀의 말에 스르륵 한숨이 새어 나왔다.

옆에 앉아 있던 임관은 뭐가 좋은지 연신 빙글거리며 웃었고 최민영은 가볍게 고개를 숙인 채 야채샐러드를 먹고 있었는데 귀는 이쪽으로 쏠려 있었다.

무슨 소린지 대충 알 것 같았다.

어쩐지 최민영이 안 하던 짓을 하더라니 친구한테 자신을 선보이고 싶었던 모양이었다.

그럼에도 이상하다.

개인적으로 감정을 교류한 적이 없었고 최민영도 그런 내색을 전혀 한 적이 없었기 때문에 이런 말이 쉽게 믿겨지지 않았다.

혹시 또 장난하는 건 아닐까?

첫날 당했던 그녀의 놀림이 떠오르자 강찬은 새삼스레 민영을 빤히 쳐다보았다.

"장난이죠?"

"난 뭐 맨날 장난만 치는 사람으로 보여요?"

"그럼 진짜란 말입니까?"

"아직 심각한 건 아니고 호감 정도예요. 혜란이한테는 그것도 충격이었던 모양이네요. 이렇게 총알같이 쫓아온 걸 보면 말이죠."

뻔뻔한 건지, 자신감이 넘치는 건지 알 수 없다.

최민영은 강찬에 대한 호감을 말로 표현하면서 전혀 부끄러워하는 모습을 보이지 않았는데 오히려 그렇게 나오자 정말 별일 아닌 것처럼 느껴졌다.

그러나 윤혜란의 반응은 전혀 그렇지 않았다.

"호홍, 천하의 최민영이 호감 갖는 남자가 있을 줄은 꿈에도 생각하지 못했어요. 그런데 막상 와서 보니 그럴 만도 하군요."

"괜찮니?"

"그래, 사진보다 실물이 훨씬 좋아."

사람을 앞에 놓고 농담도 한다.

처음에는 그나마 살짝 얼굴이라도 붉히더니 이제는 아예 대놓고 품평회를 열고 있었다.

윤혜란의 칭찬에 최민영이 어깨를 으쓱였다.

가장 친한 친구가 인정했다는 것은 자신의 눈이 틀리지 않았다는 것을 증명하는 거라고 생각하는 것 같았다.

그때부터 분위기 묘하게 흘러갔다.

최민영이 인정했고 윤혜란과 임관이 맞장구를 치며 즐겁게 대화를 나누자 어느새 강찬은 최민영의 남자 친구가 되어 버렸다.

강찬은 그런 분위기를 억지로 부인하지 않았다.

오랜만에 나온 외출이었고 멀리서 그녀의 친구까지 내려왔으니 분위기를 깨서 자리를 어색하게 만들고 싶지 않았다.

오늘이 지나고 내일이 되면 그녀도 자신도 제자리로 돌아갈 수 있을 거라고 생각했다.

식사를 모두 마치고 후식으로 커피와 과일까지 먹고 나자 시간은 9시를 훌쩍 넘어갔다.

어떻게 지나갔는지 알 수 없을 만큼 즐겁게 웃고 떠든 시간이었다.

* * *

두 번째 시범 경기에서 강찬은 등판 기회를 얻지 못했다.

히어로즈전에서 선발로 나온 에이스 고동식이 6회까지 무실점으로 역투했고 셋업맨인 안건하가 나머지 이닝을 깔끔하게 마무리했기 때문이었다.

역시 이글스의 에이스인 고동식의 구위는 대단했다.

첫 번째 시범 경기에 나왔던 베어스의 정진우 못지않게 고동식은 히어로즈 타자들을 완벽하게 윽박질러 일방적인 경기가 되도록 만들었던 것이다.

한 번의 패배와 한 번의 승리.

비록 1승 1패였지만 팀의 분위기가 좋아졌다.

승부의 세계에서 이긴다는 것은 언제나 기쁜 일이다.

마지막 시범 경기 상대는 경찰청이었다.

경찰청은 프로 구단이 아니었음에도 막강한 전력을 보유하고 있기 때문에 매년 우승 후보로 거론되는 팀이었다.

병역을 해결하지 못한 각 팀 1군의 젊은 선수들이 경찰청과 상무로 입대했는데 주력 선수들의 면면을 보면 당장 1군 프로 팀과 붙어도 쉽게 지지 않을 만큼 대단했다.

김남구 감독이 3선발인 이동진을 선발로 내보낸 것은 나름대로 이유가 있는 것 같았다.

막강한 타격력을 지닌 경찰청을 상대로 얼마나 이글스의 투수들이 버틸 수 있는가를 확인하고 싶었던지 김 감독은 리

그 엔트리에 포함된 투수들뿐만 아니라 2군에서 훈련받고 있는 예비 투수를 셋이나 더 끌어 올려 시합에 임했다.

최대한 많은 투수를 시험해 보려는 감독의 의지로 인해 새롭게 기회를 잡아 엔트리에 들어온 투수들은 전의를 불태우며 등판을 기다렸다.

그들 중에는 남자답게 강찬과 화해했던 손정표도 들어 있었다.

역시 경찰청의 타격력은 대단했다.

이글스의 선발로 나온 이동진은 1회는 무사히 넘겼으나 2회부터 얻어맞기 시작했는데 3회가 끝났을 때 벌써 4점이나 실점했다.

컨디션도 좋지 못했지만 워낙 경찰청 타자들의 타격이 매서웠다.

특히 4번으로 나온 조희는 투런 홈런을 때렸는데 비거리가 130m나 되었다.

그때부터 김 감독은 매회 투수를 바꾸며 시험에 들어갔다.

새롭게 올라온 투수들이 이닝마다 등판했고 손정표도 6회에 올라가 한 이닝을 던졌다.

그건 경찰청도 마찬가지였다.

마지막 시범 경기라서 그런지 양쪽 감독은 모든 투수를 시험해 보려고 작정한 것처럼 수시로 선수들을 교체하고 있었다.

물론 투수들뿐이 아니라 야수들도 바꿨다.

두 번째까지의 경기가 팀의 전력을 확인한 게임이라면 이번 경기는 모든 선수의 경기력을 확인하기 위한 것이었다.

투수가 바뀔 때마다 점수가 한정 없이 올라갔다.

주력 투수들이 아니라 후보 투수들이 올라오면서 매회 안타가 양산되었고 스코어보드에 찍히는 양 팀의 점수도 계속해서 올라갔다.

재밌는 것은 김남구 감독이 슬슬 승부욕을 보였다는 것이었다.

6회가 끝났을 때의 점수가 9 : 9 동점이었기 때문인데 마무리는 이글스가 더 강하기 때문이었다.

"야, 장 코치. 이 게임 잡아볼까?"

"잡아서 뭐하려고요."

"그래도 저놈들이 작년 우승 팀이잖아. 이럴 때 아니면 언제 잡아보냐."

"흐흐, 그렇긴 하네요."

"시험해 볼 놈들 거의 다 해봤잖아. 투수 누구누구 남았지?"

"장재수는 애들 새로 올리느라고 잠깐 뺐고요 릴리프는 이강찬하고 안건하가 남았습니다."

"좋아, 그럼 이강찬을 올리자고. 놈이 터지면 곧바로 안건하까지 간다. 어차피 이놈들이 이번 리그 주력 릴리프들이니까 배팅해 보지 뭐."

"그러시죠."

강찬은 몸을 풀고 있다가 장혁태의 지시로 마운드에 올랐다.

오늘 경기 양상을 보면서 등판할 수 있을 거란 예상을 했지만 막상 코치가 자신을 부르자 가슴이 찌르르 울렸다.

로진백을 손에 묻힌 후 연습 투구를 하면서 마음을 새롭게 가다듬었다.

처음 경기를 끝내고 복기하면서 느꼈던 내용들을 하나씩 떠올리며 같은 실수를 하면 안 된다는 각오를 다졌다.

이번 시즌이 그에게 결코 쉽지 않을 것이란 걸 안다.

변화구만 가지고 하는 승부는 처음이면 모를까 타자들이 그에 대한 분석을 시작하는 순간 언제든지 난타당할 가능성이 있었다.

훨씬 더 정교해져야 했고 조금 더 타자들의 심리를 분석해서 약점을 파고들어야 살아남을 수 있다는 뜻이다.

더그아웃에서 지켜본 경찰청의 타자들은 처음 겪었던 베어스 타자들보다 훨씬 중량감이 컸다.

1군 프로팀에서 뛰던 선수들이란 선입감도 있었지만 근본적으로 그들이 지닌 실력이 뛰어났기 때문이었다.

그럼에도 기가 죽거나 가슴 떨리지는 않았다.

언제나 그렇듯 나는 최선을 다할 것이며 지지 않기 위해 혼신의 노력을 다한다.

"허어!"

"좋죠?"

"저번하고 또 다르네. 뭔가 모르겠는데 더 좋아진 것 같단 말이야."

"볼 배합이 바뀌었습니다. 코너워크도 조금씩 다르고요."

선두로 나온 8번 타자를 2루수 땅볼로 잡아냈고 9번 타자 마저 유격수 땅볼로 잡아내자 김남구와 장혁태가 열심히 의견을 주고받았다.

압도적이지는 않지만 그렇다고 만만하지도 않다.

더 재미있는 건 퓨처스리그 최고의 타격을 자랑한다는 경찰청 타자들이 강찬의 공을 시원하게 공략하지 못한다는 것이었다.

강찬은 7회에 올라 한 개의 안타를 허용했지만 마지막 타자를 삼진으로 잡아 무실점으로 끝냈고 8회에 와서도 두 명의 타자를 땅볼로 처리하는 중이었다.

이제 한 타자만 잡아내면 그의 릴리프 임무는 끝나게 된다.

이글스는 7회 공격에서 1점을 추가 득점하면서 승부의 추를 유리하게 만들어놓은 상태였기 때문에 강찬이 한 타자만

무사히 잡아내면 마무리를 맡고 있는 공규찬을 올릴 생각이 었다.

그러나 김 감독의 의중은 강찬이 1번 타자에게 안타를 허용하면서 흔들렸다.

여기서 안타를 더 허용하면 리그 최고의 클린업트리오를 상대해야 되기 때문이다.

강찬은 이제 갓 껍질을 벗은 신출내기나 다름없는 놈이었다.

고교 시절 한때 미칠 듯한 존재감으로 전국을 떠들썩하게 만든 놈이었지만 어깨를 다치면서 3년간의 방황을 했고 그동안 경기를 하지 못하면서 실전 감각도 떨어질 대로 떨어진 상태였다.

경기를 이기려면 여기서 바꿔주는 것이 맞을 것 같다는 판단이 들었기에 그는 1루를 밟은 채 여유 있게 장갑을 벗는 경찰청의 1번 타자 성현경을 노려보며 떨떠름한 표정을 지었다.

성현경은 작년 퓨처스리그 도루왕에 올랐던 놈이었다.

원래는 자이언츠 소속인데 놈은 1군 리그에서도 준족으로 루상에 진루하면 상대편 배터리의 속을 완전히 뒤집어놓을 정도로 주루 플레이가 좋은 선수였다.

그랬기에 김 감독은 장혁태를 바라보며 즉각 말을 걸었다.

"뛰겠지?"

"그럴 가능성이 큽니다."

"이기려면 바꿔야 되지 않을까? 강찬이 공이라면 저놈은 언제라도 뛸 수 있는 놈이야."

"그건 그런데 조금 아쉽네요. 지금 상태라면 솔직히 그냥 내버려 두고 싶습니다. 경기 하루 이틀 하고 말 것도 아닌데 잘 던지는 놈을 단칼에 끌어내릴 필요는 없잖습니까. 감독님, 이번 경기 굳이 이겨야겠습니까?"

"지고 싶은 감독이 어디 있냐."

"그럼 바꿔요?"

"바꾸기 싫다며. 투수코치가 바꾸지 말라는데 감독이 무슨 힘이 있어서 개기겠어? 더군다나 너처럼 성질 더러운 코치를 어떻게 말려."

"흐흐… 시합 끝나고 삼겹살에 소주 한잔하시죠. 대신, 재 때문에 이번 경기 이기면 감독님이 내세요."

투수를 교체하기 위해 자리에서 일어났던 장혁태가 김남구 감독의 말을 듣고 늑대 웃음소리를 흘려냈다.

이런 것 때문에 김 감독을 10년 가까이 따라다니고 있었다.

자신의 의견이라면 김 감독은 무조건 긍정적인 마인드를 가지고 들어준다.

물론 잘못된 경우도 많았지만 그렇다고 한 번도 그에게 책임을 묻거나 원망한 적도 없는 사람이다.

강찬은 안타를 얻어맞은 후 더그아웃에 있는 자신을 바라보고 있었다.

놈도 예감이 이상했던지 자신을 바라보며 불안한 시선을 던지는 중이었다.

손짓으로 마운드를 가리키며 고개를 끄덕여 주었다.

믿고 있으니 이번 이닝을 잘 막아보라는 사인이 가자 강찬이 자신을 향해 고개를 숙이는 것이 보였다.

처음에는 마땅치 않았으나 시간이 지날수록 정이 가는 놈이었다.

오늘만 사는 것처럼 매일 미친 듯이 훈련하는 것을 보며 걱정도 되었지만 놈은 기어코 저만의 무기를 만들어내서 여기까지 왔다.

믿어주고 싶었다.

이런 경기에서나마 놈에게 자신의 공을 마음껏 던질 수 있는 기회를 주는 것만이 놈의 무서운 집념에 대한 보상이라고 생각했다.

제6장 본격 출전

하루 이틀 야구한 것도 아니니 지금 상황이 어떤 것인지 충분히 짐작하고도 남았다.

릴리프가 한 점 앞선 상황에서 안타를 얻어맞았다는 건 분명 강판당해야 될 상황인데 코치는 자신에게 걱정하지 말고 잘 던지라는 사인을 보내왔다.

누군가가 자신을 믿어준다는 사실에 가슴이 먹먹해지며 무거워졌다.

불행한 삶을 살아왔으나 언제나 불행했던 것은 아니다.

자신을 믿고 사랑해 준 사람들이 늘 곁에 있었으니 삶은 어려웠어도 마음마저 슬픈 건 아니었다.

이렇게라도 버티며 살아갈 수 있는 것은 그런 사람들의 성원이 있었기 때문이니 언젠가는 반드시 갚아야 할 빚을 가슴속에 담고 살아가는 것이다.

장혁태 코치의 시선이 거두어지는 걸 확인하고 강찬은 임관이 던져 준 공을 손으로 쥐었다.

꺼끌꺼끌한 감촉.

공을 한 바퀴 돌린 후 천천히 와인드업 자세를 취했다. 그러고는 매섭게 노려보는 타자의 무릎을 향해 공을 던졌다.

공이 떠나는 손끝의 감촉이 선뜻했고 미트에 파고드는 경쾌한 소리가 전율을 불러일으켰다.

나는 절대 지지 않는다.

* * *

"축하해요."

"뭘요?"

"벌써 2게임째 무실점이잖아요. 방어율 0. 이러다가 예전 고등학교 때 명성 되찾는 거 아닌지 모르겠네요."

"운이 좋아서 그런 거죠."

플로어에 있는 자판기에서 커피를 뽑아 마시던 강찬에게

최민영이 다가오며 활짝 웃었다.

그녀는 오늘 있었던 게임을 모두 지켜본 모양이었다.

최민영이 다가오자 같이 커피를 마시던 임관이 눈치를 보다가 슬금슬금 사라졌기 때문에 플로어에는 두 사람만 남았다.

마지막 시범 경기를 치렀지만 강찬은 임관과 영상분석실에서 타자들을 분석하다 나왔기 때문에 지금 시간은 10시가 넘고 있었다.

야구 선수들의 저녁은 짧다.

대부분의 선수들은 컨디션을 조절하기 위해 될 수 있으면 일찍 자고 일찍 일어나는 습관을 가지기 때문에 11시가 되기 전에 잠자리에 든다.

그랬기에 지금 플로어에는 그들 두 사람만 남은 상태였다.

최민영은 편한 트레이닝복을 입고 있었는데 날씬한 몸매가 그대로 드러나는 차림이었다.

강찬의 대답을 들은 최민영은 자판기에서 뽑은 커피를 한 모금 마시며 입술을 삐죽였다.

칭찬에 대한 반응이 마음에 들지 않는다는 표정이었다.

"너무 겸손 떨면 그것도 이상해요. 요즘 자기 PR 시대니까 잘한 건 자랑해도 된단 말이죠."

"안타를 2개나 맞았어요. 마지막 타자가 때린 것도 좌익수

정면으로 날아갔으니 망정이지 조금만 옆으로 떨어졌으면 오늘 경기 졌을지도 몰라요."

"하여간 이겼잖아요. 운도 실력이라니까요."

"아닙니다……. 나는 아직 멀었어요."

커피가 든 일회용 컵을 양손으로 돌리며 강찬이 말끝을 흐렸다.

거기서 흐르는 감정의 골은 그리 밝지 않은 것이었기에 최민영의 목소리가 조심스럽게 변했다.

강찬을 괴롭히는 고민이 너무 아파 보였다.

"어깨 아직 완치된 거 아니죠? 그래서 직구를 못 던지는 거죠?"

"맞아요."

"혹시 회복할 수 없는 건가요?"

"그건 아닙니다. 회복할 수 있어요. 다만 시간이 필요할 뿐이라고 했어요."

"누가요?"

과거를 숨기려고 했던 건 아니었지만 지금까지 누구에게도 지난 3년 동안 겪어온 일들에 대해서 말한 적이 없었다.

되돌아볼수록 힘들고 괴로웠으니 혼자 삭이며 버텨 나가는 게 좋겠다는 생각을 가져 왔다.

최민영의 질문에 대답하지 않은 것은 그런 이유 때문이었다.

상대방이 알아서 좋은 내용이 아닌 것은 말할 필요가 없다.

쓸데없는 동정을 받는 것도 싫었고 다른 사람이 나의 인생에 관여하는 것도 원하지 않는 바였다.

하지만 최민영은 달랐다.

그녀는 강찬이 대답을 하지 않고 입을 굳게 닫아건 채 커피만 마시자 자신의 경솔함을 마음속으로 질책했다.

사람에게는 말하기 싫은 부분이 있었고 강찬에게는 그것이 어깨라고 생각했다.

누구나 사람은 아킬레스건을 하나씩 가지고 있다는데 그런 측면에서 본다면 강찬의 아킬레스건은 어깨가 분명했다.

그런 어깨에 대해서 경솔하게 말을 꺼냈으니 이런 침묵은 불편함보다 미안함으로 그녀를 압박해 왔다.

그러나 최민영은 강찬을 바라보며 금방 안색을 회복했다.

이런 분위기라면 정말 하고 싶었던 이야기를 하지 못할 수도 있었기 때문에 그녀는 최대한 밝은 표정을 지으려고 노력했다.

친구인 유혜란이 떠나면서 한 말이 머릿속을 떠나지 않았다.

호감을 느꼈다는 건 사랑할 준비가 되었다는 걸 의미한다고 했다. 특히 그녀처럼 남자에게 지금까지 관심을 보이지 않은 여자라면 더욱 그렇단다.

과연 그럴까란 의문이 들었지만 이틀 동안 고민에 고민을 한 후에야 용기를 내어 강찬을 찾아왔다.

"강찬 씨, 혹시 나 부담스러워하는 건 아니죠?"

"그렇지는 않습니다."

"그럼 나 어때요?"

"무슨?"

"여자로서 어떠냐고 묻는 거예요."

"예쁘죠, 똑똑하고 성격마저 좋으니까 민영 씨는 꽤 매력적인 여자라고 생각해요."

"내가 사귀자고 하면 사귈 건가요?"

"아니요."

"왜요, 매력적이라면서요? 매력적이지만 내가 싫다는 뜻인가요?"

"그건 아니지만 나는 아직 여자를 사귈 여유가 없습니다. 야구를 하는 것만으로도 충분히 힘들거든요."

"결국은 야구 때문이란 말이군요."

"나는 오직 야구만 바라보며 살아왔습니다. 지난 3년 동안 매일 죽을 것 같은 고통과 싸워왔어요. 그런 내가 어떻게 당신을 사귀겠어요. 아마 사귄다 해도 당신을 무척 힘들게 할 겁니다."

말끝을 흐리고 고개를 떨어뜨리자 최민영의 눈이 하염없

이 강찬의 뒤통수를 바라보았다.

이 남자 왠지 보면 볼수록 불쌍하다, 그리고 갈수록 마음에 든다.

거절하면서도 여자를 먼저 생각하고 있으니 거절을 당하고도 그렇게 아프지 않다.

그렇다고 쿨하게 인정한 채 되돌아갈 생각도 없다.

사랑은 아니었지만 사랑하고 싶은 남자였다.

어떻게든 관계를 이어나가고 싶다는 게 솔직한 그녀의 마음이었다.

"좋아요. 야구 열심히 하세요. 대신 우리 가끔가다 데이트해요. 시즌이 시작되면 주말에는 자유 시간이니까 우리 맛있는 거 먹고 스트레스도 풀어요. 그건 되겠죠?"

* * *

퓨처스리그가 시작되었고 강찬은 수시로 등판을 했다.

이글스는 시즌이 시작되고 30게임을 소화할 동안 정확하게 중간인 3등에서 벗어나지 못하고 있었다.

한 게임 이기면 한 게임 졌고 연패를 하면 연승을 해서 균형을 맞추었다.

김남구 감독과 장혁태 코치는 거품을 물면서 2게임 차에 불과한 상무를 추격하기 위해 몸부림을 쳤지만 성적은 제자리를 맴돌 뿐이었다.

강찬은 릴리프의 임무를 충실하게 수행했다.

무려 20게임이나 출전했으니 게임 수로 따진다면 이글스의 투수 중에서 가장 많은 출전을 한 것이다.

지는 게임에도 출전했지만 이기는 게임에도 많이 출전해서 9홀드를 기록했다.

홀드를 놓친 나머지 경기는 대부분 지는 경기에 출전했거나 후속 릴리프가 점수를 내준 것이었고 강찬으로 인해 경기가 뒤집힌 것은 2경기밖에 없었다.

피안타율은 0.291이었고 방어율은 1.94에 불과했다.

수치만 봐도 강찬은 이글스의 투수들 중 상위권에 속하는 성적을 내고 있었는데 피안타율에 비해 방어율이 좋은 것은 강찬의 위기관리 능력이 얼마나 뛰어난지 알려주는 단적인 지표였다.

"병원에 입원해야 된다는군요."

"환장하겠군. 갈수록 태산이라더니 꼭 그 짝이다."

"할 수 없죠. 아킬레스가 나갔다니까 동진이는 이번 시즌에서 아웃시켜야 될 것 같습니다."

장혁태 코치가 보고를 마친 후 입을 꾹 닫았다.

제3선발인 이동진은 오늘 다이노스와의 경기에서 타자가

쳐 낸 공을 잡으려고 무리하게 턴을 하다 넘어진 후 일어나지 못했는데 병원에서는 아킬레스건이 끊어져서 수술이 불가피하다는 진단을 내렸다.

이글스로서는 악재의 연속이었다.

2주전 릴리프를 맡고 있던 장재수마저 어깨 회전근이 나빠져 엔트리에서 빠지더니 이번에는 몇 안 되는 선발 요원마저 쓰러져 버렸다.

장혁태 코치는 말을 마치고 물끄러미 김남구 감독을 바라보았다.

그 시선은 할 말이 있는데 들어볼 의향이 있냐는 시선이었다.

김남구 감독이 뭔가를 생각하다가 뒤늦게 장 코치의 시선을 확인하고 눈을 부라렸다.

"뜸 들이지 말고 말해. 정수리가 뜨끈해서 뭔 일인가 했네. 그렇게 쳐다보면 가뜩이나 머리털 없는 거마저 벗겨져. 앞으로 그런 짓 하면 가만 안 놔둔다."

"아직 머리카락 풍성한데 뭘 그러세요."

"보기에만 그래. 들춰보면 몇 가닥 없어."

"감독님."

"왜?"

"강찬이를 올립시다."

"선발로?"

"구속은 안 나오지만 워낙 성적이 좋잖아요. 제 역할 충분히 할 겁니다."

"안 돼."

"감독님!"

"너도 알면서 왜 그래? 강찬이가 지금 좋은 성적은 내는 것은 릴리프기 때문이야. 선발들이 던지는 강속구를 보다가 갑자기 정교한 변화구가 나오니까 타자들이 적응하지 못해서 그런 거잖아. 내가 봤을 때 그놈은 선발로 내세우면 3회도 못 버틸 거다. 잘못하면 괜히 아까운 릴리프만 날리게 된다고."

"그래도 해보시죠."

"여긴 프로야구 판이다. 아무리 변화구가 좋아도 저 구속으로는 절대 안 돼. 안 되는 건 안 되는 거야."

"강찬이의 컨트롤 능력은 타의 추종을 불허합니다. 거의 모든 코스에 생각한 대로 꽂아 넣기 때문에 방어율도 좋습니다. 그런데도 안 된다는 감독님 말씀을 저는 이해하지 못하겠습니다."

"야, 장 코치. 내 말 귓등으로 들은 거야? 타자들 눈에 익는 순간 강찬이 공은 밥이나 다름없어. 너 작년에 베어스의 유희권이 기억 안 나? 컨트롤의 천재라고 언론에서 떠들썩하게 난리를 쳤지만 결국 박살이 났지. 말해봐라, 투수의 최대 무기가 뭐냐?"

"그야……."

"패스트볼이지. 맞지?"

"그건 그렇지만 패스트볼이 전부는 아닙니다. 그리고 유희권하고 강찬이는 근본적으로 다릅니다."

"뭐가 달라?"

"걔는 직구와 커브를 혼합해서 썼지만 강찬이는 삼색변화구로 무장되어 있습니다. 구질의 혼합 능력으로 본다면 비교조차 되지 않습니다. 타자들을 상대하는 분석 능력도 이제 수준급까지 올라온 상탭니다. 경험만 쌓이면 충분히 제 역할을 할 수 있어요."

"그것 참. 정말 해볼 생각인 모양이네."

"써보고 안되면 다시 돌려놓는 거로 하죠. 절 믿고 한번 써보세요."

"좋아. 다음 로테이션에 강찬이를 올리는 걸로 해. 그리고 강찬이 자리는 손정표로 메꾸지 뭐. 대신, 장 코치 생각대로 안 되면 소주 사는 거 알지?"

* * *

강찬은 땀으로 흠뻑 젖은 채 주저앉아 하염없이 타깃을 바라보았다.

실내 연습장에 마련되어 있는 마운드의 타깃에는 수십 개의 공이 굴러다니고 있었는데 그 공을 바라보는 강찬의 눈에서는 하염없이 눈물이 흐르는 중이었다.

벌써 산에서 내려온 지 10개월이 지나고 있었다.

미치려고 했다.

하루도 미치지 않고는 가슴속을 꽉 채운 응어리를 풀 수 없었기에 끊임없이 훈련에 매달리며 살아왔다.

코치들도 그랬고 선수들도 그를 보며 독종이라 불렀다.

그러나 강찬은 사람들이 그렇게 자신을 부르면 돌아보지 않았다.

나쁜 의미로의 별명이 아니었음에도 강찬은 그 별명을 듣기 싫어했다.

나는 독종이 아니다.

내 삶의 유일한 탈출구가 야구였고 이 길을 통해 나의 꿈을 이룰 수 있으니 그저 혼신의 노력을 다할 뿐이었다.

어깨의 뻑뻑함이 완화되면서 직구를 뿌릴 때의 제어와 완충이 조금씩 느슨해지기 시작한 것은 한 달 전부터였다.

언제나 꿈쩍도 하지 않던 직구의 구속이 130㎞/h에서 벗어나 서서히 증가되기 시작한 것도 그때부터였다.

그리고 오늘.

어깨의 제동이 조금씩 풀리면서 꾸준히 증가하던 구속은 오늘 기어코 137km/h를 찍었다.

늘 하던 훈련이었고 늘 던지던 공이었다.

매일같이 체크하던 구속이었으니 137km/h가 나왔다고 해서 감동에 겨워한 것은 아니었다.

예전에 던졌던 패스트볼에 비하면 상대조차 되지 않는 구속이다.

그럼에도 눈물이 나왔다.

이제 족쇄에서 벗어나 직구를 던져도 되겠다는 생각이 들자 자신도 모르게 눈물부터 쏟아져 나왔다.

사람들은 말을 안 했지만 그를 반쪽 병신 취급했다. 직구를 던지지 못하는 투수였으니 그리 틀린 말도 아니다.

하지만 그들은 모르는 게 있었다.

봉인이 풀리는 순간 강찬의 패스트볼이 어떻게 변할지를…….

강찬은 샤워를 마치고 나오다가 급히 다가오는 손정표를 바라보며 의아한 표정을 지었다.

그의 얼굴은 웃음이 활짝 피어 있었는데 뭔가 좋은 일이 있는 것 같았다.

"너 왜 실실 웃고 그래?"

"형, 나 엔트리에 포함되었어. 내일부터 코치님이 합류하라고 했어."

"잘됐다. 정말 잘됐어."

손정표의 어깨를 두드리며 강찬이 함박웃음을 지었다.

화해를 한 후 놈이 살아온 인생을 들었고 그 인생이 기가 막혀 말문이 막힌 게 한두 번이 아니었다.

자신처럼 기구한 삶을 살아온 건 아니었지만 놈의 인생도 그리 행복한 것만은 아니었다.

그런 놈이 절망에서 빠져나와 미친놈처럼 연습을 했고 드디어 팀에 합류하게 되었으니 정말로 축하해 줄 일이었다.

손정표는 강찬의 축하를 쑥스럽게 받아들이면서도 자신의 기쁨을 숨기지 않았다.

"다 형 덕분이야. 형이 아니었다면 난 아마 정신 차리지 못했을 거야."

"그런 소리하지 마라. 얼굴 붉어진다."

"하여간 고마워. 그리고 형, 장 코치님이 찾으셔. 급히 사무실로 오래."

"무슨 일인데?"

"그건 모르겠고. 일단 가봐."

손정표의 얼른 가보라는 손짓에 강찬의 행동이 빨라졌다.

시합이 끝난 후에는 거의 찾는 법이 없었는데 갑자기 장혁태가 찾는다고 하자 저절로 긴장이 되었다.

빠른 걸음으로 뛰다시피 해서 2층에 있는 코치실로 들어서자 장혁태가 소파에 앉아 있다가 강찬을 맞아들였다.

그는 자리에서 일어나지 않은 채 턱짓으로 강찬을 맞은편에 앉도록 만들었다.

"또 연습했냐?"

"예."

"인마, 넌 릴리프가 맨날 그렇게 어깨를 혹사하면 어떡하자는 거야? 쉬는 것도 훈련의 일환이라고 몇 번이나 말해!"

"전 괜찮습니다. 이렇게 어깨를 풀어주지 않으면 뻑뻑해져서 시합 때 던지질 못합니다."

"미치겠군. 어깨는 괜찮고?"

"제 어깨는 끄떡없습니다. 예전에 다쳤을 때보다 더 좋아진 것 같아요."

"그런 자신감이 투수를 잡는다. 어깨는 혹사하게 되면 언제 어느 때 다시 망가질지 모를 정도로 예민해서 조심하고 또 조심해야 된단 말이야. 하루 이틀 하고 말 야구가 아니라면 내 말 반드시 명심해!"

"알겠습니다, 코치님."

"이렇게 오라고 한 건 전달할 게 있어서다."

"말씀하십시오."

"넌 지금부터 선발진에 투입된다. 다음 주 자이언츠전이 네 차례니까 준비 잘해놓도록."

"정말… 입니까?"

"내가 비싼 밥 먹고 너한테 농담할 정도로 한가로운 사람으로 보이냐?"

*　　*　　*

강찬의 선발 합류에 누구보다 기뻐해 준 사람은 임관과 최민영이었다.

임관은 올해 들어 최용면과 번갈아가며 시합에 나서고 있었는데 게임 수와 중요한 경기에 출전하는 빈도로 본다면 그를 주전 포수라 불러도 충분했다.

플로어에서 우연히 만난 임관에게 선발투수진에 합류하게 되었다는 걸 말해준 것은 그가 가장 친한 친구였기 때문이기도 했으나 자신의 기쁨을 누군가에게 말하고 싶다는 열망이 컸기 때문이었다.

그런데 임관의 반응은 그의 예상을 훨씬 뛰어넘어서 그를 당황하게 만들었다.

"정말이지! 이야, 이강찬. 정말 대단하다. 엊그제 신고 선수로 들어온 놈이 일 년도 안 돼서 선발진에 합류하다니 난 믿어지지 않는다."

"운이 좋아서 그렇게 된 거야."

"내가 여기까지 오는 데 몇 년이나 걸린 줄 알아? 지명 3순위에 뽑혔는데도 무려 4년이 걸렸다고!"

"동진 형이 부상당한 바람에 얼떨결에 합류한 거니까 너무 그렇게 수선 떨지 마."

"이 자식아. 우리 팀에 투수 자원이 얼마나 많은지 알면서 그런 소릴 하냐? 동진 형 부상은 그렇다 쳐도 넌 나머지 투수 중에서 가장 공을 잘 던지기 때문에 선발로 합류한 거야. 그러니까 그렇게 소심 떨면 안 돼."

"소리 지르지 마, 인마. 다른 사람들이 보잖아."

덩치가 크니까 목소리도 크다.

임관은 강찬이 겸손을 떠는 게 보기 싫었던지 소리를 질렀는데 그의 목소리에 여러 사람이 고개를 돌리며 이쪽을 바라보았다.

대부분의 사람은 고개를 다시 원래대로 돌렸지만 한 사람만은 예외였다.

한쪽에서 구단 관계자와 뭔가 이야기를 나누던 최민영은 임관이 떠든 이야기를 듣고 지체 없이 다가왔다.

"그게 정말이에요?"

"뭐가요?"

"정말 강찬 씨가 선발로 들어갔냐고요?"

"그렇다네요. 뭐해 인마. 네가 직접 얘기해 줘야지!"

임관의 눈짓에 강찬이 쓰게 입맛을 다셨다.

놈은 아니라고 그렇게 이야기를 해도 최민영을 강찬의 여자 친구인 것처럼 대했는데 그런 소문은 선수단 전체로 퍼져 나가는 중이었다.

그런 소문이 급격하게 퍼져 나간 이유는 선수들 중 몇이 최민영에게 슬쩍 물어본 내용이 그대로 전달되었기 때문이었다.

그저 웃었단다.

사귀는 게 아니라면 그런 질문을 받았을 때 질색하면서 누가 그런 소릴 하냐며 펄쩍펄쩍 뛰어야 정상인데 최민영은 그런 질문을 받을 때마다 묘한 미소만 지었다고 한다.

임관이 급한 볼일이 있다며 도망치듯 빠져나가자 최민영이 심문하려는 자세로 강찬에게 바짝 다가왔다.

"이봐요, 강찬 씨. 그런 중요한 사실이 있었으면 나한테 먼저 말해줘야 하는 거 아니에요?"

"그게… 지금 막 듣고 나온 얘기라서 미처 말할 새가 없었습니다."

변명처럼 말해 놓고도 이상하다.

여자 친구가 아니라고 분명히 말해놨지만 이상하게 주변

사람들이 그렇게 분위기를 몰아갔고 최민영까지 편승해 버리자 자신마저 혼란스러울 때가 있었다.

최민영의 얼굴에서 활짝 미소가 피어오른 것은 강찬의 어물거리는 변명이 끝났을 때였다.

"그럼 나한테도 말해주려고 했던 건 맞죠?"

"…네."

"좋아요. 믿어줄게요. 축하할 일이 생겼으니까 그냥 넘기면 안 되겠네요. 내일 시간 비워놔요. 저녁 같이 먹게."

안 된다고 대답하려 했으나 그녀는 자신의 말만 마치고 급하게 몸을 돌려 원래 있던 자리로 되돌아갔다.

그녀가 정한 내일은 토요일이었고 대부분의 선수가 집으로 돌아가기 때문에 클럽하우스는 텅 비는 경우가 많았다.

선발로 합류하란 통보를 받았으니 주말 동안 굳어진 어깨를 풀면서 마지막 점검을 할 생각이었다.

릴리프와 선발은 많은 차이가 있기 때문에 그 간극을 메우기 위해서는 힘의 조절과 구종의 변화 등 생각할 것이 많았다.

그런데 갑자기 토요일에 약속을 해놓고 그녀가 도망가자 당황스러운 마음이 들었다.

최민영도 평소에는 금요일 저녁이면 서울로 가곤 했는데 갑자기 저녁을 사겠다고 하자 주말이 걱정되기 시작했다.

*　　*　　*

토요일이 되자 대부분의 선수가 외출을 하거나 귀가를 해서 클럽하우스에는 강찬과 몇몇의 선수만이 남았다.

최민영의 강압에 어쩔 수 없이 약속을 해버렸지만 그렇다고 훈련을 멈출 생각을 가진 것은 아니었다.

똑같은 하루.

아침에 일어나 서킷 웨이트트레이닝을 했고 잠시 쉬었다가 구단에서 선수들을 위해 준비해 놓은 어깨 강화 프로그램을 마쳤다.

훌쩍 오전이 갔고 투구 연습과 타자들 분석을 마치자 최민영과 약속한 시간이 순식간에 다가왔다.

오늘은 임관마저 집에 가버렸고 서울에서 유혜란이 온 것도 아니었으니 둘만 식사해야 될 판이다.

도대체 최민영의 마음은 뭘까?

분명히 자신은 사귀지 않겠다는 공언을 했고 그녀는 그것을 쿨하게 받아들였다.

그런데도 최민영은 한 달에 한 번 꼴로 이렇게 저녁을 같이 먹자며 데이트를 신청해 왔다.

부담을 주는 행동이었으면 거부했을 텐데 매번 마치 장난처럼 다가왔기 때문에 얼떨결에 응하곤 했다.

물론 그건 핑계다.

오직 한 가지에 몰두하며 살아온 젊은 청춘에게 어쩔 수 없이 다가오는 외로움을 해결하고자 하는 이기심.

분명 거기엔 그런 이기심이 담겨 있었다.

아름다운 여인과의 대화와 식사를 통해서 메마른 영혼을 위로하고자 하는 얄팍한 심산이 있다는 걸 그녀는 알까?

그런 자신의 이중성을 안다면 실망감을 느끼게 될 거란 사실을 뻔히 알면서도 그녀의 데이트에 응하는 자신이 너무 뻔뻔하게 여겨졌다.

그런데도 설렌다.

하루 종일 모습을 보이지 않던 그녀가 보라색 원피스를 입고 또각또각 걸어오는 모습을 보자 가슴이 뛰기 시작했다.

언제 봐도 그녀는 영화배우 저리 가라 할 정도로 아름다운 여자였다.

최민영은 그를 데리고 서산으로 가지 않고 서해안 쪽으로 향했다.

하얀색 그랜저를 몰고 나온 그녀는 강찬에게 어디로 간다는 설명도 없이 30분 정도 외곽으로 빠진 후 솔감저수지를 통과해서 바닷가 회집으로 데려갔다.

일식집처럼 으리으리한 건물이 아니라 바닷가 어디서라도 볼 수 있는 그런 보통의 횟집이었다.

주차를 하고 난 최민영은 차에서 내리며 강찬을 향해 웃었다.

그 웃음에는 장난이 잔뜩 들어 있었다.

"내가 또 시내로 데려갈 줄 알았죠?"

"잘 아네요. 그런데 여긴 어디죠?"

"여긴 소문난 곳이 아니라서 사람들이 잘 안 오는 곳이에요. 하지만 회 맛이 뛰어나서 아는 사람들은 자주 찾는 곳이기도 하죠. 왜요, 갑자기 바닷가에 나오니까 불안해요?"

"궁금해서 물어본 겁니다. 설마 민영 씨가 날 죽이기야 하겠어요."

"호호, 그건 모르죠."

그녀는 뭐가 즐거운지 자꾸 웃었다.

그러나 그 웃음이 자꾸 공중에 뜬다는 느낌이 들었다.

뭔가 조급하고 뭔가 망설이는, 어디 한구석이 비어 있는 것과 같은 웃음.

중요한 일을 하기 전, 잔뜩 긴장한 사람들이 아무런 감정 없이 버릇처럼 짓는 웃음이라고 보면 맞을 것도 같았다.

그녀는 망포횟집이라고 적혀 있는 곳으로 들어가 자리를 잡은 후 준비한 것처럼 주문을 했다.

음식이 나올 동안 그들은 창밖으로 펼쳐진 정경을 말없이 지켜보았다.

붉게 물든 노을 속에 광대하게 펼쳐진 수평선이 중간중간 불쑥불쑥 솟아오른 섬들을 가슴에 품은 채 고고한 자태를 뽐내며 눈으로 들어왔다.

하늘과 바다, 그리고 노을.

그저 보는 것만으로도 가슴을 먹먹하게 만들 만큼 아름다운 자연은 분명 신이 인간에게 준 커다란 선물이었다.

"강찬 씨는 저런 거 처음 보죠?"

"네."

"청주에서 컸으니까 바다 구경하기 힘들었겠어요."

"수학여행 때 보긴 했어요. 그런데 저렇게 석양이 지는 바다는 처음 보네요."

눈을 노을에서 돌리지 않은 채 그녀의 질문에 대답했다.

시선을 떼고 싶지 않을 만큼 아름다운 광경이었기 때문에 어둠이 몰려오기 전에 조금이라도 더 보고 싶었다.

하지만 그의 바람은 식당 주인이 회를 비롯해서 각종 야채와 반찬들을 가져다 놓으면서 금방 깨져 버렸다.

최민영이 굳이 이 집으로 온 이유가 드러났다.

주인이 가져온 회는 더없이 싱싱해 보였고 곁들여 나온 해산물은 소라, 해삼, 멍게 등 열 종류가 넘었다.

식탁에 음식이 모두 놓이자 최민영은 소주를 시켰는데 그 음성이 너무 부드러워 당연한 것처럼 느껴졌다.

"운전 안 할 거예요? 술 마시면 어떡해요?"

"한 잔만 하면 되죠."

"한 잔 할 걸 뭐하러 마셔요. 그러지 마요."

"이렇게 먼 곳까지 와서 이런 싱싱한 회를 앞에 두고 술을 마시지 말란 말이에요? 더군다나 오늘은 강찬 씨 선발 합류 축하 자린데 축하주는 한잔해야죠."

말리고 자시고 할 새도 없이 그녀는 주인이 가져온 소주를 멋들어지게 따더니 강찬의 잔에다 따른 후 술병을 넘겨주며 잔을 들었다.

따르라는 시늉이다.

그랬기에 어쩔 수 없이 강찬은 그녀의 잔에다 술을 따른 후 자신의 잔을 잡았다.

축하를 하자며 건배를 하자는데 마다한다는 건 말도 안 되는 일이었다.

그때부터 최민영은 약속을 어기고 홀짝거리며 소주를 들이켰다.

더 이상 그녀가 술을 먹지 못하도록 말렸지만 그녀는 어느새 술병을 들어 잔에 따라 마신 후 몸을 부르르 떨었다.

자신도 술이라면 어느 정도 먹지만 지금까지 살아오면서 최민영처럼 맛있게 술 먹는 여자는 처음이었다.

그동안 한 번도 같이 술 먹은 일이 없었기 때문에 그녀가 이렇게 술을 잘 마신다는 건 오늘 처음 알았다.

안주가 좋아서 그런지 술이 잘 들어갔다.

서너 잔까지는 말렸지만 그 이후로는 자연스럽게 술잔을 주거니 받거니 하면서 마셨다.

빠르게 마셔서 그랬을까.

오랜만에 술이 취하자 그동안 쌓여왔던 외로움이 물밀 듯 밀려왔다.

그녀가 살아온 인생은 조금밖에 듣지 못했는데 강찬은 막혔던 제방을 한꺼번에 무너뜨린 것처럼 숨겨놓았던 과거를 모두 털어놓고 말았다.

고아로 힘들게 살아왔던 삶, 어깨를 다치며 느꼈던 끝없는 절망과 슬픔을 이야기했고 3년 동안의 지옥 같은 치료와 재활 훈련을 이야기하며 눈물을 흘렸다.

감정의 둑이 무너진 강찬은 더 이상 독종이 아니었고 더 이상 강철 같은 심장을 지닌 사내가 아니었다.

그러나 그보다 더 커다란 눈물은 최민영에게서 흘러나오고 있었다.

그녀는 강찬의 과거를 들으며 사슴의 비명처럼 가녀린 신음을 쏟아내는 중이었다.

눈물로 범벅이 되어버린 얼굴이 화장과 섞여 얼룩졌으나 그녀는 자신의 얼굴을 외면한 채 손수건을 들어 강찬의 눈물을 닦아주었다.

그렇게 둘은 서로를 바라보며 한참을 울었다.

주인도 그랬고 나머지 손님들도 울고 있는 그들을 이상한 눈으로 봤기 때문에 뒤늦게 감정을 수습한 강찬이 최민영의 어깨를 흔들었다.

그녀는 탁자에 고개를 박은 채 울고 있었는데 마치 실연한 여자처럼 보일 정도였다.

강찬의 손길에 고개를 든 최민영은 급히 얼굴과 옷매무새를 손질한 후 자신을 바라보는 사람들의 시선을 확인한 후 자리에서 일어났다.

그렇게 마셔놓고도 챙길 건 다 챙겼다.

핸드폰도 챙겼고 옆에 두었던 가방과 겉옷을 들더니 발딱 일어나 카운터로 향한 후 계산마저 끝냈다.

일이 벌어진 건 가게에서 나온 다음부터였다.

그렇게 말짱하던 그녀가 횟집에서 나와 바닷가에 난 길에 도착하자 비틀거리기 시작했는데 안색이 하얗게 변하며 풀썩 주저앉았다.

그녀가 주정을 시작한 것도 그때부터였다.

“이강찬, 불쌍한 자식. 그렇게 힘들게 살아왔으면서 혼자 잘난 체는 다 했구나. 난 그것도 모르고… 끄윽!”

“많이 취했어요. 여기서 앉아 있으면 감기 걸려요. 일어나요.”

“안 일어날… 거다…….”

“왜 이래요. 집에 가야죠.”

“싫어, 안 가… 나 여기서 자고 갈 거야.”

“자고 가다니요. 여기 잘 데가 어디 있다고 그래요.”

최민영의 말에 강찬이 황당한 표정을 지었다.

훌쩍거리며 너무 잘 마셨기 때문에 이런 상황이 올 거라고는 전혀 생각하지 않았는데 거리에 주저앉아 고집을 피우자 어쩔 줄을 몰랐다.

자신 역시 술에 취해 몸이 비틀거렸기 때문에 그녀를 부축하는 것이 쉽지 않았다.

더 그를 당황하게 만든 것은 그녀의 시선이 간 곳을 확인한 후였다.

최민영의 술에 취해 희미해진 눈은 화려한 조명으로 밝게 빛나는 건물을 바라보고 있었는데 성처럼 우뚝 솟아 있는 건물은 ‘로즈호텔’ 이라는 이름을 가지고 있었다.

술에 취한 여자를 부축해서 100m나 떨어져 있는 호텔까지 걷는 것은 보통 일이 아니었다.

물론 술을 마시지 않았다면 업고서라도 갔을 테지만 강찬 역시 술에 취했기 때문에 다리가 말을 듣지 않았다.

산에서 지냈던 3년과 이글스에 입단해서 보낸 1년까지 이렇게 술을 많이 마신 적은 처음이었다.

다른 곳을 보지 않고 앞만 보며 살아온 삶 속에서 오늘은 정말 이해하기 힘들 정도로 철저하게 망가진 날이었다.

대리운전을 불러달라고 했지만 횟집 주인은 오히려 자신을 이상한 눈으로 바라보았다.

주인 말에 따르면 바닷가에는 대리운전이 근본적으로 없었고 찾는 사람도 강찬이 처음이라고 했다.

엉망이 된 여자를 부축해서 호텔로 들어서자 카운터에 있던 여종업원이 눈을 휘둥그레 떴다.

그녀는 혹시 강찬이 여자를 납치한 건 아닌가 의심하는 눈초리로 체크인을 하면서도 끊임없이 탐색의 시선을 멈추지 않았다.

603호.

호텔이라고 적혀 있었지만 이런 한적한 바닷가에 호텔을 지을 리 만무하니 말만 호텔인 모텔이다.

대신 호텔이라 부를 정도로 시설은 깔끔해서 하룻밤 자기에는 충분한 곳이었다.

최민영을 부축해서 방에 들어선 강찬은 그녀를 침대에 눕히고 나서야 한숨을 크게 들이쉬며 호흡을 가다듬었다.

휴우…….

정신은 말짱한데 몸이 말을 듣지 않는다.

주량을 초과했기 때문인지 팔과 다리에 힘이 모아지지 않았고 숨결도 거칠어져 입과 코로 뜨거운 기운이 쏟아져 나왔다.

소파에 털썩 주저앉아 최민영을 바라보았다.

최민영은 강찬이 침대에 눕혀놓은 그대로 눈을 감은 채 누워 있었는데 미동조차 하지 않았다.

보라색 원피스가 하얀 침대 시트에 흩어져 그녀의 날씬한 몸매를 강조했고 술에 취해서 그런지 얼굴은 더욱 하얗게 변해서 동화 속에 나오는 백설공주를 보는 것만 같았다.

그녀는 보면서 마음이 차분하게 가라앉았다.

비록 술에 취했지만 그녀를 보면서 정신은 더욱더 또렷해졌다.

볼수록 아름다운 여자다.

오똑한 콧날과 앵두 같은 입술, 그리고 유연하게 내려온 목덜미를 지나 봉긋하게 솟아오른 가슴까지 무엇 하나 흠잡을 데 없는 몸매였다.

그럼에도 강찬은 그녀를 그저 바라만 보았다.

창가로 보이는 바다는 밝게 뜬 달을 품에 안고 예쁘게 반짝이고 있었다.

아름다운 여인과 그림처럼 펼쳐진 바다가 한 폭의 그림이 되어 강찬의 눈으로 들어왔다.

그렇게 강찬은 그 그림을 보면서 움직이지 않았다.

미동조차 하지 않던 최민영의 눈이 거짓말처럼 떠진 것은 언제까지라도 지켜볼 것 같던 강찬의 눈이 점점 희미해져 갈 때였다.

술에 취한 그의 육신은 더 이상 버티지 못하고 그를 꿈속으로 데려가려 하고 있었다.

"강찬 씨!"

감겨졌던 눈이 그녀의 목소리에 의해 번쩍 떠졌다.

그녀는 누운 그대로 강찬을 보고 있었는데 고개만 이쪽으로 돌려진 상태였다.

"알고 있었죠?"

"뭘 말입니까?"

"내가 술 취한 척한 거 알고 있었잖아요."

"혹시 그럴 수도 있겠다는 짐작은 했지만 확신은 하지 않았어요. 민영 씨가 그렇게까지 할 이유가 없다고 생각했거든요."

"…그런가요."

그녀는 천천히 일어났지만 시선은 여전히 강찬에게 향하고 있었다.

부축을 하면서, 침대에 눕혀지면서 흩어졌던 옷매무새를 가다듬지 않은 채 그녀는 강찬을 향해 그윽한 눈빛을 던졌다.

"이렇게 있으니까 매력적이지 않아요?"

"매력적입니다."

"나, 지금 강찬 씨 유혹하는 거라고요."

"그러지 마세요."

"왜죠? 날 갖는 게 겁나요?"

"아뇨, 겁나지 않아요."

"그럼, 왜… 왜 그러는 건데요."

강찬의 차분한 대답에 최민영의 목소리가 떨리며 나왔다.

그녀는 강찬의 반응에 점점 자존심에 상처를 입어가는 중인 것 같았다.

비 맞은 비둘기.

흠뻑 젖어 오들오들 떨고 있는 비둘기처럼 그녀는 강찬의 눈만 바라본 채 몸을 떨어댔다.

불쌍한 것보다 훨씬 더한 감정은 미안함이다.

최민영처럼 똑똑하고 아름다운 여인에게 연민을 갖는다는 것은 말도 안 되는 것이었으니 강찬의 감정은 미안함으로 충분했다.

"민영 씨, 누군가를 사랑한 적 없죠?"

"…없어요."

"난, 있어요. 그 사람만 생각하면 보고 싶고 그 사람만 생각하면 저절로 웃음이 떠올라요. 그녀는 내 목숨처럼 소중한 사람이기 때문에 한 번도 가슴속에서 떠나보낸 적이 없습니다."

"사귀는 사람 없다고 했잖아요."

"맞아요. 사귀는 사람은 없어요."

"무슨 말인지 잘 모르겠어요. 도대체 무슨 소린지 쉽게 말해줘요."

"사랑은 하지만 사귈 수는 없는 사람이란 뜻입니다."

"당신… 혹시 짝사랑하는 건가요?"

다음 날 강찬을 태우고 돌아오면서 최민영은 운전대만 잡은 채 한마디도 하지 않았다.

많은 이야기를 들은 건 아니었으나 그것만으로도 충분했기에 그녀는 새까맣게 타버린 마음을 가슴속 깊은 곳에 숨긴 채 아무렇지 않은 듯 강찬을 내려놓았다.

자존심에 상처 입은 것보다 더욱 그녀를 괴롭힌 건 창문을 통해 멍하니 세상을 바라보던 강찬의 슬픔이었다.

불행한 삶을 가진 남자.

무슨 삶이 저렇게 무겁고 아쉽단 말인가.

아무리 불행하게 살아도 뭐든 하나는 행복하게 만드는 것을 가지고 있는 게 보통인데 강찬은 아무것도 가지고 있지 않았다.

무리한 짓이란 걸 뻔히 알면서도 그를 유혹해서 호텔까지 간 것은 그녀에게 시간이 별로 없었기 때문이었다.

다음 주면 그녀는 서울로 올라가야 했다.

딸의 외도를 1년만 허락한다는 조건으로 방치했던 그녀의 아버지가 기어코 칼을 빼 들었기 때문이었다.

이제가면 서산에는 다시 못 올지도 몰랐다.

그랬기에 용기를 내어 마음을 표현했는데 상황은 최악으로 치달아 가슴에 깊고 깊은 상처만 입고 말았다.

강찬을 원망하는 마음과 자신을 질책하는 마음이 밤새도록 부딪치며 그녀를 잠 못 들게 만들었다.

수많은 생각이 머릿속을 어지럽혔고 강찬에 대한 모든 것들이 뒤죽박죽 섞이며 떠올랐다.

결국 서산에 도착할 때까지 아무런 결론도 내릴 수가 없었다.

짝사랑에 빠져 있는 남자, 그리고 그런 남자를 좋아하는 여자.

무슨 영화 시나리오도 아니고 이렇게 더러운 일이 자신에게 생긴단 말인가.

원망, 분노, 질책, 외로움, 질투.

서산으로 오는 동안 마음속에 떠오른 감정은 셀 수 없이 많았지만 강찬을 차에서 내려놓으며 가장 마지막으로 남은 것은 연민이었다.

바보 같은 년.

그 수많은 감정 중에 하필이면 연민이라니…….

* * *

자이언츠는 현재 퓨처스리그 남부 리그 1위에 올라 있었고 현재 3연승을 기록하면서 날아가는 팀이었다.

공수의 조화도 5개 팀 중에서 최고였고 구단의 지원도 활발해서 팀의 분위기도 좋았다.

오늘은 이글스를 홈으로 불러들였는데 우승 후보인 상무를 밀어내고 1위를 질주하고 있었기 때문에 작년까지 거의 안 보이던 부산 팬들이 요즘은 홈경기가 벌어지는 사직구장을 거의 반이나 채웠다.

오늘도 열성적인 부산 팬들은 경기 시작 30분 전인데도 좌우 스탠드를 꽉 메운 채 주황색 비닐봉지를 머리에 뒤집어쓰고 노래를 부르는 중이었다.

그런 관중들을 지켜보는 자이언츠 감독 안호찬은 밝은 웃음을 지으며 옆에 서 있던 수석 코치 민경일에게 슬며시 입을 열었다.

“오늘까지 이기면 관중들이 난리 나겠군. 1군은 작살나고 있는데 우리만 너무 잘나가서 걱정이야. 요즘 팬들이 1군 해체하고 2군들이 올라가란다며?”

“저도 그런 말을 듣긴 했습니다.”

어이없는 말이었기 때문에 민경일이 풀썩 웃었다.

아무리 2군이 잘나가도 1군에 비하면 턱도 안 되는 전력인데 워낙 성적이 좋으니까 그런 소리가 나오는 모양이었다.

오늘 경기까지 이기면 경기가 없는 상무를 3게임 반까지 따돌릴 수 있었다.

더군다나 오늘 선발은 벌써 7승을 거두고 있는 에이스 윤완석이었기 때문에 이길 가능성이 컸다.

그래선지 안 감독은 얼굴도 편안했고 목소리도 여유가 있었다.

“그런데 오늘 쟤들 선발 어떻게 된 거야?”

“이동진이 빠졌다더니 저놈이 합류한 모양입니다. 그런데 쟤를 선발에 넣다니 이상하긴 합니다.”

“왜?”

"저놈은 성적은 좋지만 3회가 한곕니다. 직구를 못 던지니까 3회만 넘어가면 충분히 박살 낼 수 있습니다."

"그렇게 속단하지 마. 놈 성적을 보라고. 방어율이 0.2도 안 돼. 애들보고 정신 바짝 차리라고 해. 오늘 지면 홈팬들 폭동 일어난다."

"알겠습니다."

강찬은 마운드에 올라 공을 주고받으며 몸을 풀고 있는 야수들을 바라보았다.

이게 얼마 만의 선발 출전이란 말인가.

어깨가 아작 나던 그때, 4년 전 마운드에 올랐던 그 장면이 눈앞에서 파노라마처럼 지나갔다.

불의의 사고였으나 그에게는 죽음과도 같은 절망을 주며 너무 긴 시간을 돌고 돌아 오게 만들었다.

이제 어둡고 힘든 길을 거꾸로 되짚어 마운드에 올랐으니 감정이 복받쳐 올랐다.

로진백을 들어 손에 묻은 기름기를 말끔하게 제거하고 임관이 던져 준 공을 글러브로 받았다.

임관은 자신이 시합에 들어오기 전 끊임없이 긴장하지 말고 평상시처럼 던지라고 잔소리를 해댔었다.

그럴 것이다. 이제 시작이니 쓸데없는 긴장감으로 시합을 망치는 일은 없을 것이다.

자이언츠가 이번 리그에서 1위를 고수하고 있는 이유는 견고한 투수진도 있었지만 막강한 타력을 자랑하는 클린업트리오가 있었기 때문이었다.

특히 1번 타자인 배종환과 3번 타자인 정창훈은 거의 4할에 육박하는 타율을 자랑하고 있었는데 타점이 벌써 둘 다 40점이 넘고 있었다.

하기야 그렇게 따진다면 4번 타자인 고미석도 주목해야 한다.

고미석은 타율이 비록 둘에 비해 떨어졌지만 일발 장타력을 보유하고 있어 홈런이 벌써 12개였고 타점도 45점이나 되었다.

어제 강찬은 임관에게 공의 배합에 직구를 추가하자고 말했다.

처음에 임관은 어이없는 표정을 지었지만 강찬의 패스트볼을 5개 정도 받아보고는 곧바로 사인을 정해서 알려줬다.

직구를 구사한다는 것은 단순하게 공의 구질이 하나 늘었다는 것을 의미하는 것이 아니었다.

모든 투구의 기본이 되는 직구는 가장 위력적이며 가장 타자들이 치기 어려운 공이기 때문이다.

그랬기에 임관은 강찬의 공을 받아본 후 미친놈처럼 길길이 뛰어다니면 기뻐해 줬다.

평상시처럼 연습 투구를 마친 강찬은 심판의 시합 개시 선언에 따라 타석으로 들어서는 배종환을 노려보았다.

부산 팬들의 열광적인 응원은 야구 판에서는 이미 전설이 될 만큼 광적이었는데 시합이 시작되기도 전에 부산갈매기가 벌써 3번이나 울려 퍼졌고 윤완석에 의해 선공을 했던 이글스의 타자들이 삼자범퇴로 물러나자 마치 시합이 자신들의 승리로 끝난 것처럼 환호성을 지르고 있었다.

저절로 고인 침을 꿀꺽 삼켰다.

자이언츠 선발 윤완석의 구위로 봤을 때 이 경기는 3점 이내에서 승부가 결정 나게 될 것으로 예상되었다.

1회 초에 보여준 그의 구위는 이글스의 타자들을 압도했는데 정확한 타이밍에 배트가 나갔는데도 밀릴 정도로 굉장한 위력을 발휘했다.

물론 그가 그런 구위를 발휘하는 건 5, 6회가 한계일 것이다.

투구 수가 많아지면 어떤 투수도 처음과 같은 위력의 공을 계속 던질 수 없기 때문이다.

윤완석의 공을 이글스의 타자들이 공략할 때까지만 버티면 이번 경기는 릴리프와 마무리에 의해서 승부가 결정이 된다는 뜻이다.

자이언츠의 1번 타자 배종환은 천부적인 교타자였다.

배트 스피드가 워낙 빨라 어떤 구질도 커트가 가능해서 삼진을 잡기가 까다로운 타자였고 스피드도 뛰어나서 작년에 도루를 31개나 한 준족이었다.

가벼운 빈 스윙을 두 번 하고 강찬에게 눈을 맞춘 배종환의 시선이 나른하게 흘러나왔다.

이미 강찬에 대한 데이터도 각 구단에 충분히 공유된 상태였다.

변화구밖에 던지지 못하는 투수.

직구가 없으니 체인지업의 의미가 없어져서 커브와 슬라이더로 버텨 나가는 투수다.

워낙 컨트롤이 좋고 낙차가 뛰어나서 릴리프로 나오면 제때 적응을 못 하기 때문에 타자들이 공략하지 못했을 뿐, 눈에만 익으면 언제든 공략이 가능한 투수였다.

특히 자신처럼 변화구에 강점이 있는 타자라면 언제든지 때려낼 수 있다는 게 배종환의 생각이었다.

놈의 변화구가 뛰어나다는 건 인정하지만 직구가 없다면 3회도 버티지 못한다.

초구는 바깥쪽으로 흘러 나가는 슬라이더였다.

감으로 느껴지는 속도는 120㎞/h였고 거의 포수의 오른쪽 무릎에 떨어지는 절묘한 코스였다.

역시 각도가 예리하다. 볼이라고 생각했는데 스트라이크 존을 공 반 개 정도 걸치며 들어온 모양이다.

두 번째 공은 몸 쪽 높은 커브였다. 워낙 높아서 배트를 휘두르지 못할 만큼 터무니없는 공이었기 때문에 어이없는 웃음을 짓고 말았다.

유인구라 부르지도 못할 만큼 높은 공이었다.

1스트라이크 1볼.

배종환은 배트를 쥔 손에 힘을 가하며 입술을 핥았다.

분명 이번에는 스트라이크가 들어온다. 감각 때문이 아니라 그동안 강찬이 보여준 공의 배합을 분석한 데이터가 그런 사실을 알려주고 있었다.

그랬기에 눈을 부릅뜨고 지켜봤는데 공이 춤추면서 날아오더니 자신의 허리춤에서 뚝 떨어져 버렸다.

뭐 이런 공이…….

실밥이 보일 정도로 느린 슬로커브다. 그것도 100㎞/h가 겨우 넘을 정도로 들어왔기 때문에 너무 어이가 없어 배트를 휘두르지 못했다.

아니다, 어이가 없었다기보다는 전혀 예상을 하지 못했기 때문에 반응을 보이지 못했다는 것이 맞았다.

이놈이!

공의 구위가 형편없어 편법을 쓴다는 생각이 들자 나른했던 표정이 단숨에 굳어져 왔다.

지금까지 안타를 때리겠다는 생각에 커트를 하지 않았을 뿐 이런 공이라면 언제든지 커트가 가능했기 때문에 배종환은 잠시 타석에서 물러났다가 헛스윙을 힘차게 돌린 후 다시 타석으로 들어왔다.

한 번의 슬라이더와 두 번의 커브.

다음 공은 무엇일까?

어떤 공이든 상관없다. 스트라이크존으로 들어오는 공은 무조건 쳐 낼 생각이었다.

놈이 와인드업하는 것을 보면서 배트를 뒤로 돌렸다.

터무니없이 낮거나 높은 공만 아니라면 무조건 쳐 낼 생각이었다.

그러나 그는 꼼짝도 하지 못하고 자신의 허리춤으로 파고드는 공을 그저 바라만 볼 수밖에 없었다.

엄청난 패스트볼.

눈 깜짝할 사이에 지나간 공은 그동안 춤추면서 들어오던 공과는 비교조차 할 수 없을 만큼 빠른 직구였다.

"저거 직구 맞지?"

"그렇습니다. 138km/h로 나오는군요."

"허어, 미치겠군."

김남구 감독의 입에서 감탄사인지 탄식인지 알 수 없는 소리가 연신 흘러나왔다.

그는 보고도 못 믿겠다는 듯 삼진을 당한 후 머리를 흔들며 들어가는 배종환을 잡아먹을 것처럼 노려보고 있었다.

강찬이 직구를 던진 것도 의외였지만 그 정도의 속구에 삼진을 당하고 들어가는 타자의 행동도 그를 놀라게 만들었다.

"그런데 저놈 뭐냐?"

"무슨 말씀입니까?"

"138㎞/h에 꼼짝 못하고 배트조차 휘두르지 못했잖아. 저놈 일부러 안 친 거냐?"

"그럴 리가 있습니까. 못 친 걸 겁니다."

"왜?"

"설마 직구가 들어올지 모른 거죠."

"아무리 그렇다 해도 그걸 커트조차 안 한단 말이야? 다른 놈도 아니고. 저놈 배종환이잖아!"

"아마 저놈은 강찬이가 던진 공이 138㎞/h짜리가 아니라 150㎞/h 이상으로 보였을 겁니다. 슬로커브를 연속으로 던졌기 때문에 상대적으로 훨씬 빠르게 느껴진 거죠."

"일부러 그렇게 던졌다는 뜻이지?"

"그랬을 겁니다. 강찬이하고 임관 두 놈은 언제나 붙어 다녔으니 미리 상의하고 나왔을 가능성이 큽니다. 그나저나 혼내야겠어요. 코치한테 직구의 속도가 올라왔다는 걸 보고조차 안 하는 놈들이 다 있네요. 이것들을 시합 끝나면 한 두어 시간 원산폭격 시켜야겠습니다."

"그러지 마라. 신문에 날라."

"요즘은 말이죠, 선수들이 코치를 너무 물로 보는 경향이 있어요."

"흐흐흐, 그나저나 저놈이 직구를 장착했으니 이 게임 재밌어지겠는데."

"구질의 조합은 직구를 던지면 배 이상 늘어납니다. 그만큼 쳐 내기 어려워진다는 뜻이죠. 저도 강찬을 내세우면서 사실 무척 걱정했었는데 잘하면 생각보다 훨씬 오래 버틸 수 있겠어요. 아직 직구의 속도가 올라오지 않아서 불안하긴 하지만 워낙 변화구가 좋으니까 해볼 만할 것 같습니다."

2번 타자를 유격수 앞 땅볼로 잡아내는 걸 보면서 김 감독이 이상한 웃음을 흘리자 장혁태 코치가 신중하게 자신의 의견을 내세웠다.

변화구가 좋은 강찬이었기에 비록 직구의 구속이 조금 느려도 충분한 효과를 볼 수 있을 거란 판단이 내려졌다.

직접 타석에 서지 않았기 때문에 강찬의 직구가 어떤 위력을 보이는지 실감할 수 없었지만 배종환의 얼굴만 봐도 대충 짐작이 갔다.

놈의 얼굴은 마치 마구를 본 것처럼 하얗게 질려 있었다.

3회까지 팽팽한 투수전으로 진행되던 게임은 4회 들어 이글스의 4번 타자이자 주장을 맡고 있는 송권수가 솔로 홈런을 때려내면서 순식간에 경기장의 분위기를 바꾸어 버렸다.

자이언츠의 에이스이자 오늘 선발 등판한 윤완석은 단 1개의 안타만을 허용하며 완벽한 피칭을 하고 있었는데 2아웃까지 잡아낸 상태에서 홈런을 허용하자 망연자실한 표정을 지었다.

열광적으로 응원하던 자이언츠 팬들이 쥐 죽은 듯이 잠잠해졌고 송권수는 그런 부산 팬들을 의식한 듯 묵묵히 다이아몬드를 돈 후 더그아웃에 도착해서야 활짝 웃었다.

사람이 사는 곳에는 언제나 상대방에 대한 배려와 예의가 있어야 한다.

상대가 슬퍼할 때는 기쁨을 억눌러 주는 것도 하나의 아름다운 배려임을 송권수는 증명이라도 하듯 철저하게 지켰다.

하지만 그것은 상대가 빤히 보고 있을 때나 그런 것이지 보지 않는 곳에서까지 그럴 필요는 없기에 장혁태 코치를 비롯해서 선수들은 송권수가 더그아웃으로 들어오자 사정없이 머리를 두들기며 축하를 해주었다.

거기엔 강찬과 임관도 함께 들어 있었다.

비록 송권수가 큰형뻘 될 정도로 나이가 많았기 때문에 머리를 두드리지는 못했지만 그들은 기쁨을 숨기지 못하고 하이파이브를 하며 활짝 웃었다.

승리란 단어가 확 다가왔다.

선취점을 얻었다는 건 자신이 실점을 하지 않는다면 승리투수가 된다는 걸 의미하는 것이었다.

윤완석은 홈런을 맞았지만 집중력을 잃지 않았다.

에이스답게 5번 타자를 땅볼로 잡아낸 윤완석은 이닝이 끝나자 무심한 눈으로 이글스의 더그아웃을 힐끔 쳐다보더니 당당한 걸음으로 그라운드를 빠져나갔다.

강찬은 천천히 걸어 마운드로 향했다.

릴리프를 하면서 3회까지는 던진 경험이 있었지만 연속해서 4번째 이닝에 들어간 것은 처음이다.

그럼에도 마음은 더없이 편안했다.

지금까지 2개의 안타를 맞았으나 아직까지 공에 대한 자신감은 생생하게 살아 있었다.

3번 타자인 정창훈에게는 커브를 던진 것이 손에서 약간 미끄러지며 빠지는 바람에 좌익수 앞 안타를 허용했고 8번 타자에게는 직구를 맞았다.

정창훈은 자이언츠가 자랑하는 교타자답게 조금의 실투도 용납하지 않았다.

8번 타자는 처음부터 직구를 노리고 들어왔는데 그것도 모르고 초구를 직구로 구사하다가 2루수를 관통하는 안타를 맞았다.

아직 직구의 구속은 타자를 압도할 만큼 완벽하게 살아나지 못했기 때문에 노리고 들어오면 맞을 가능성이 컸는데 변화구를 구사하면서 직구가 위력을 발휘하자 자신도 모르게 만용이 생긴 모양이었다.

하지만 후속 타자들을 완벽하게 잡아냈기 때문에 아직 실점은 하지 않았다.

운이 좋았다고 말한다면 할 수 없지만 그렇다고 운만 좋았던 것은 아니다.

아직 구위가 완벽하게 살아나지 않았으니 타자들을 철저하게 분석한 데이터를 가지고 승부를 하는 수밖에 없다.

지금까지는 완벽하게 통하고 있는 중이다.

앞으로 어떤 변수가 작용할지 모르겠지만 오늘은 왠지 무척 컨디션이 좋기 때문에 대형 사고를 터뜨릴 것만 같다.

그리고 그 예감은 어깨를 통해서 시간이 지날수록 현실로 나타났다.

공을 던질수록 어깨의 근육이 점점 더 이완되고 있었다.

이완이 된다는 의미는 구속에 제동을 걸었던 근육의 걸림이 완화된다는 것을 의미하는 것이었다.

구속이 빨라지기 시작한 것은 7회부터였다.

6회를 던지는 동안 4개의 안타를 더 맞았지만 전부 산발로 처리했기 때문에 점수를 주지 않았는데 장혁태는 7회가 되어도 강찬에게 계속 던지라는 사인을 보냈다.

장혁태가 7회에도 강찬을 올린 것은 시간이 지날수록 강찬의 구위가 더 좋아지고 있다는 것을 느꼈기 때문이다.

더군다나 별다른 위기를 겪지 않고 있는 선발투수를 굳이 뺄 필요도 없으니 실점 위기가 찾아오지 않는 한 교체할 이유가 없었다.

강찬은 포수석에 앉아 있는 임관을 바라보며 눈을 깊게 만들었다.

임관은 여전히 파이팅을 외치며 강찬의 기운을 북돋아주고 있었다.

이미 투구 수는 80개가 넘은 상태였다.

산에서 내려온 후 한 번도 던져 보지 않은 투구 수였는데 어깨가 이상해지기 시작한 것은 투구 수가 80개가 넘었을 때부터였다.

제동을 걸었던 근육이 부드러워진다는 느낌.

그리고 그 느낌을 느끼는 순간부터 패스트볼의 구속이 점점 빨라졌고 타자들의 배트는 석상처럼 굳어져 갔다.

직구의 구속이 140㎞/h를 넘으면서부터 커브와 슬라이더, 체인지업의 위력도 더욱 무섭게 변했다.

패스트볼이 뒷받침된 변화구는 자이언츠 타선을 완벽하게 틀어막아 하나의 안타도 허용하지 않았다.

파앙!

7회부터 가속되던 직구는 8회 들면서도 멈추지 않았다.

2아웃 상태에서 그에게 안타를 2개나 빼어낸 정창훈을 상대로 던진 몸 쪽 패스트볼이 148㎞/h를 찍었던 것이다.

정창훈은 그의 패스트볼에 스탠딩 삼진을 당한 후 한동안 어이없다는 표정으로 타석에서 물러나지 못했는데 그의 눈은 믿겨지지 않은 것을 본 것처럼 찢어질 듯 부릅떠져 있었다.

"아이고……."

긴장된 눈으로 정창훈과의 승부를 지켜보던 김남구 감독의 입에서 결국 탄성이 터져 나오고 말았다.

7회부터 급격하게 가속되던 강찬의 패스트볼은 148㎞/h를 가리키고 있었다.

정말 믿어지지 않는 일이었다.

어깨가 고장 난 걸 알면서도 받아준 건 강찬의 변화구가 워낙 절묘했기 때문이었지 직구 때문이 아니었다.

그런데 저런 패스트볼을 구사한다.

도대체 어떻게 된 걸까.

릴리프로 나온 20게임 동안 한 번도 보여주지 않았던 직구를 강찬은 작정이나 한 것처럼 뿌려대고 있었으니 놀라움에 말도 제대로 나오지 않았다.

직구를 던지지 못하던 놈이 직구를 던진다. 그것도 말도 안 되는 속구를…….

불과 1년 만에 저런 직구를 던진다는 건 상상도 하지 못했기에 그는 입을 벌린 채 다물지를 못했다.

하긴 그건 장혁태를 비롯한 다른 코치들도 마찬가지였고 심지어 더그아웃에 있던 선수들도 강찬의 불같은 투구를 보면서 믿을 수 없다는 눈을 하고 있었다.

그럼에도 김 감독은 강찬이 이닝을 마치고 들어오는 것을 보면서 말을 붙이지 않았다.

감독의 위치는 그런 것이다.

선수가 아무리 잘한다 해도 시합 중에는 특별히 따로 불러 칭찬하거나 질문한다는 것은 절대 해서는 안 되는 불문율이었다.

하지만 그렇다고 해서 놀란 것이 해소된 것은 아니었다.

"장 코치!"

"예."

"어떻게 생각하냐?"

"뭘요?"

"저놈 혹시 일부러 우리한테 정체를 숨긴 거 아닐까?"

"왜요?"

"야, 말 좀 길게 해라. 뭘 묻는데 그렇게 짧게 말하면 의견을 어떻게 나누냐고!"

"긴장돼서 그래요."

"뭐가 긴장되는데?"

"감독님도 봤잖아요. 7회부터 저놈 공이 이상해진 거. 7회 이후만 보면 삼진 3개에 내야 땅볼이 3갭니다."

"그건 나도 봤어!"

"문제는 저놈 공의 위력이에요. 저 정도로 계속 던진다면 2군 수준으로는 절대 못 칩니다."

"미치겠네. 장 코치, 쟤 계약 어떻게 했지?"

"신고 선수들은 대부분 단년 계약을 하니까 강찬이도 아마 그렇게 했을 겁니다."

"아, 이 새끼들은 꼭 그 지랄을 한다니까. 좆도, 못하면 단박에 자르겠다는 심보지?"

"한두 번 장사하는 거 아니니까요."

"어쨌든, 장 코치는 시합 끝나는 대로 계약서 좀 확인해 봐."

김남구 감독의 지시에 장혁태가 무겁게 고개를 끄덕였다.

조금 전에 말한 것처럼 신고 선수들은 정식 선수로 등록해 줄 때 다년 계약을 해주는 경우가 거의 없다.

신고 선수들은 태도가 불성실하거나 성격에 문제가 있는

놈이 많다.

그랬기에 언제 어느 때 야구를 그만둘지 알 수 없었고 구단에서 필요로 할 만큼 뛰어난 실력을 가진 경우도 드물었다.

대부분 단년 계약으로 처리하는 건 그런 이유 때문이다.

뻔한 내용이란 걸 알면서도 김남구가 화를 낸 건 8회 말에 보여준 강찬의 구위가 진정 놀라웠기 때문이었다.

얼마나 더 구속이 나올지 모르겠으나 저 정도만 가지고도 에이스 급으로 충분했다.

강찬의 변화구는 패스트볼의 구속이 다른 투수들에 비해 조금 부족해도 커버링이 될 만큼 위력적이었다.

그랬으니 단박에 조바심이 났다.

미운오리새끼가 아니라 백조 중에서도 최고 품종임을 못 알아보고 방치했으니 입이 열 개라도 할 말이 없지만 그럼에도 어떻게든 잡아야 한다.

저놈만 있어준다면 성적을 끌어 올리는 건 일도 아니라는 생각이 들었다.

그러나 그런 생각을 삽시간에 뒤집는 일이 9회 말에서 벌어졌다.

마지막 수비를 위해 마운드에 선 강찬은 김남구 감독을 비롯해서 경기장에 나온 모든 관중을 한꺼번에 자리에서 일어나게 만들 만큼 충격적인 일을 벌이고 말았던 것이다.

어깨의 봉인이 풀렸다는 것은 감각만으로도 충분히 알 수 있었다.

직구를 던질 때마다 느껴졌던 견갑거근과 극상근, 소원근과 극하근의 통증이 거짓말처럼 사라지며 견봉과 견갑극을 자극하던 근육의 압박마저 해소되었다.

투구를 할 때마다 뭉쳐져 있던 근육은 견봉과 견갑극을 자극해서 팔로우를 끝까지 진행하지 못하도록 방해했었는데 7회부터 부드럽게 이완되기 시작하던 어깨의 근육은 9회에 들어서서 연습 투구를 하자 완벽하게 풀어져 공의 회전을 가속시켰다.

울고 싶은 것을 간신히 참았다.

시합 도중만 아니었다면 화장실로 들어가 원 없이 울었을 만큼의 독한 기쁨이 그의 눈을 붉게 충혈시켰다.

9회 자이언츠 공격은 4번 타자인 고미석으로부터 시작되었다.

오늘은 홈런이 없었지만 6회에 강찬으로부터 좌중월 2루타를 쳐 낸 전력이 있었기 때문인지 타석에 들어선 그의 배트는 윙윙거리며 자신 있게 돌아갔다.

그런 고미석을 강찬은 지그시 응시했다.

직구가 없었다면 고미석이 싫어하는 코스를 생각하며 수많은 고민 끝에 구질을 선택했겠지만 지금은 아니었다.

패스트볼이 돌아온 이상 누구도 무섭지 않았다.

역시 임관은 오래 같이 지내오면서 생각과 사고방식이 비슷해진 모양이었다.

직구.

임관이 초구로 원한 것은 바깥쪽 꽉 찬 직구였다.

포수의 임무를 잊지 않은 듯 임관은 고미석이 가장 싫어하는 바깥쪽 무릎 높이의 낮은 직구를 요구했는데 미트는 가운데에 멈춰 선 채 움직이지 않았다.

노력이 가상하다.

조금의 움직임도 보여주지 않겠다는 의지겠지만 실질적으로는 아무런 도움도 되지 않는 행동이다.

그럼에도 강찬은 고개를 끄덕인 후 임관이 요구하는 코스를 향해 전력으로 공을 던졌다.

보는 사람으로 하여금 아름답다고 느끼게 만들 정도의 완벽한 투구.

어깨가 풀리자 조금은 어색했던 릴리스 포인트가 완벽하게 정점에서 이루어지며 강찬의 손을 떠난 공이 미트를 향해 날아갔다.

쐐애액… 파앙!

"저 새끼 뭐야!"

자이언츠의 안호찬 감독이 기어코 모자를 집어 던졌다.

스코어는 여전히 1 : 0이었기 때문에 마지막 공격에서 희망을 걸고 있었는데 선두로 나간 4번 타자 고미석이 연속으로 헛스윙만 해대다 삼진으로 들어오자 여간해서는 시합 중에 화를 내지 않던 안 감독이 모자를 땅바닥에 패대기치면서 신경질을 냈다.

이해가 안 가는 일이었다.

벌써 팀당 30경기가 훌쩍 넘게 치렀으니 시즌이 반이나 지난 상황이었기 때문에 더더욱 이해가 가지 않는다.

각 구단의 프런트에서는 선발투수는 물론이고 릴리프와 마무리, 심지어는 후보 투수들에 대한 분석까지 완벽하게 끝난 상태였기 때문에 강찬의 투구는 보고도 못 믿을 정도로 놀라운 것이었다.

일부러 속였다?

그렇게 생각할 수도 있으나 조금만 다시 생각해 보면 절대 그럴 수 없다는 걸 알게 된다.

이 경기가 무슨 코리안 시리즈 최종전도 아닌데 무슨 이유로 숨기고 있던 실력을 갑자기 불쑥 꺼내든단 말인가.

그동안 직구를 던지지 않았기 때문에 어깨가 고장 나서 그랬을 것이란 판단을 내렸다.

한두 경기라면 모를까 20경기나 변화구만 던져 왔으니 그 정도의 구속이 회복된 어깨의 한계라고 여겼다.

그것은 자이언츠뿐만 아니라 강찬을 상대했던 남부 리그 팀들 전체의 판단이었으니 잘못된 판단이라고 생각해 본 적은 한 번도 없었다.

직구를 던지지 못하는 반쪽짜리 투수.

변화구의 컨트롤이 정교했고 폭포처럼 떨어지는 커브와 슬라이더를 가졌지만 강력한 속구가 없기 때문에 언제든 쳐낼 수 있는 상대라고 평가한 놈이었다.

그런 놈이 무시무시한 직구를 곁들이며 타선을 완벽하게 틀어막고 있었으니 미치고 펄쩍 뛸 일이었다.

정말 기가 막혀 말도 안 나온다.

수석 코치인 민경일이 감독이 던진 모자를 집어 들고 천천히 다가와 내밀자 안 감독의 굳어졌던 얼굴이 슬며시 풀렸다.

웬만해서는 부리지 않았던 신경질인데 이길 거라고 확신했던 시합이 불리하게 진행되자 잠시 자제심을 잃은 모양이었다.

"민 코치, 저놈 잘 알아?"

"예전엔 관심이 많았죠. 고등학생으로서는 탁월할 정도로 강력한 패스트볼을 구사했었으니까요. 그때 최고 구속이 151㎞/h까지 나온 걸로 기억하고 있습니다."

"환장하겠군. 그럼 어깨가 거의 돌아왔다는 거잖아."

"그런 것 같습니다."

고미석을 삼진으로 잡아낸 몸 쪽 높은 공이 전광판에 찍힌 숫자는 150㎞/h를 가리키고 있었다.

그랬기에 풀어졌던 안 감독의 이맛살이 다시 잔뜩 찌푸려졌다.

"나는 저놈 어깨가 완전히 박살 났다고 들었는데 그게 아니었던 모양이지?"

"박살 난 거 맞습니다. 워낙 유명했던 놈이라 제가 직접 의사를 만나기까지 했었습니다. 저놈 어깨는 견봉쇄골인대 파열, 오구쇄골인대 파열, 회전근개 파열이 겹쳤기 때문에 걸레나 다름없다고 했습니다. 하나만 문제가 생겨도 선수 생명이 끝났다고 할 정도로 중대한 부상이 세 개나 겹쳤으니 회복이 불가능하다고 단언할 정도였으니까요. 의사 말로는 숟가락 들기도 힘들 거라고 했습니다."

"그런데 저건 뭐냐고. 저게 어깨가 걸레 된 놈이 던지는 공이란 말이야?"

"그러게 말입니다. 정말 믿을 수 없는 일이 벌어지고 있습니다."

안 감독의 어깨가 늘어졌고 대답을 하는 민경일 코치의 입에서도 무거운 한숨이 흘러나왔다.

5번 타자를 완벽하게 돌려세운 강찬의 커브는 면도날처럼 예리하게 타자의 무릎 사이로 떨어지고 있었다.

스탠드를 반이나 채운 자이언츠 팬들의 입에서 응원가가 멈춘 것은 8회부터였다.

점수 차가 1점밖에 나지 않았고 중심 타선이 들어서기 때문에 아직까지 자리를 지키고 있었지만 그들은 이미 강찬의 투구에 압도되어 응원하는 것을 잊어버리고 있었다.

조용해진 경기장을 힐끗 바라 본 강찬의 시선이 더욱 강렬해졌다.

연속 삼진.

이제 한 타자만 더 잡으면 첫 선발 출전에서 완봉승을 거둘 수 있게 된다.

점수 차가 1점밖에 나지 않기 때문에 홈런을 맞으면 모든 게 공수표로 돌아갈 수 있었지만 강찬은 공을 굳게 쥔 채 타자를 노려봤다.

무섭지가 않았다.

직구를 구사할 수 없었을 때는 마음 한구석에 언제든지 맞을 수 있다는 불안감이 숨어 있었지만 예전처럼 공을 던질 수 있게 되자 아무런 두려움도 떠오르지 않았다.

돌아온 패스트볼이 있는 한 이 경기는 내가 이긴다.

고개를 흔들어 임관의 사인을 거부하고 직접 사인을 보내 구종을 결정했다.

코스는 다르지만 마지막 타자와는 직구로 승부할 생각이었다.

시험해 보고 싶었다.

변화구 없이 오직 직구만을 던져 어디까지 구속이 회복되었는지 알아보고 싶었다.

오랜 시간의 고통스러운 기억을 공에 실어 던져 버릴 수만 있다면 나는 또다시 9회를 던질 수도 있다.

나의 차가워진 심장이 다시 뜨겁게 뛸 수 있게 되기를 바라면서…….

잔뜩 긴장된 표정으로 들어선 자이언츠의 6번 타자 성현경은 배트를 두 번 휘두른 후 공이 날아오기를 기다렸다.

오늘 시합에 들어오기 전까지 강찬의 변화구를 어떻게 공략할 것인지 나름대로 고민했고 그 덕분에 바깥쪽으로 들어오는 슬라이더를 노려서 안타로 만들기도 했었다.

하지만 대기석에서 고미석이 불같은 직구에 헛스윙으로 물러나는 것을 보면서 머리를 훼훼 흔들었다.

놈의 변화구는 워낙 뛰어나서 뻔히 커브와 슬라이더가 번갈아 들어온다는 걸 알면서도 쳐 내기 어려웠는데 강속구까지 구사되자 거의 멘붕 상태에 빠지고 말았다.

150㎞/h가 찍히는 패스트볼은 국내 1군 프로 리그에서도 10명 정도밖에 구사하지 못할 정도였고 그들 대부분은 팀의 에이스들이었다.

이를 악물고 생각을 가다듬은 후 배트의 끝을 뒤로 돌렸다.

지금까지 패스트볼을 던지지 않았던 놈이 갑자기 40여 개의 속구를 던졌으니 어깨에 무리가 갔을 것이다.

더군다나 놈이 9회까지 던진 공은 모두 120구가 훌쩍 넘고 있었으니 직구보다는 변화구로 승부할 것이란 판단이 내려졌다.

물론 놈의 낙차 큰 커브는 면도날처럼 예리했고 정교한 컨트롤을 자랑했지만 작정하고 기다리면 못 칠 공도 아니었다.

그랬기에 성현경은 온 신경을 커브에 집중시키며 강찬의 와인드업을 지켜보았다.

파앙!

마치 총소리처럼 강렬한 소음이 터지며 순식간에 포수의 미트로 빨려 들어간 공을 확인한 심판의 입에서 우렁찬 스트라이크 사인이 터져 나왔다.

정적. 심판의 사인이 끝나자 정적이 찾아왔다.

타자의 허리춤을 통과한 공을 받아낸 임관은 잠시 동안 꼼짝하지 않다가 천천히 공을 꺼냈는데 얼굴 근육이 잔뜩 일그러져 있었다.

무겁다. 그리고 지금까지 던졌던 어떤 공보다 빠르다.

그러나 문제는 손이 얼얼하게 아파와 자신도 모르게 손에서 미트를 빼 들었다는 것이었다.

미트를 빼 들고 손을 잠시 문지르다가 심판의 앉으라는 소리를 듣고서야 정신이 번쩍 들었다.

전광판에 찍힌 구속은 151㎞/h를 가리키고 있었다.

도대체 이게 뭔 일인지 알 수가 없다.

어제까지만 해도 140㎞/h조차 넘지 않던 직구의 구속이 미친 것처럼 빨라지고 있었기 때문에 임관은 정신을 차릴 수가 없었다.

강찬은 자신에게 140㎞/h짜리 직구를 던지면서 이것이 지금 던질 수 있는 직구의 한계 구속이라고 말했는데 불과 하루 사이에 10㎞/h 이상 차이가 나자 적응하기가 무척 어려웠다.

궁금해서 환장할 정도였기 때문에 당장에라도 달려 나가 물어보고 싶었지만 시합 중에 그렇게 했다가는 난리가 난다.

가장 친한 사이였고 언제나 붙어 다니는 친구였으니 강찬이 자신에게 거짓말을 했을 리는 없다.

그렇다면 어깨에 무슨 일이 생겼다는 뜻인데 막상 이렇게 빠른 패스트볼을 뿌려대자 강찬이 걱정되기 시작했다.

무리를 하는 것이라면 막아야 된다는 걱정도 들었다.

그러나 강찬을 바라본 임관은 포수 미트를 낀 채 묵묵히 자리에 앉고 말았다.

강찬의 얼굴은 차분하게 가라앉아 있었는데 120개가 넘는 공을 던지고도 전혀 힘든 기색을 보이지 않았다.

구속의 차이가 10㎞/h라면 별거 아니라고 생각할지 모르지만 그 정도의 속도 차이만 가지고도 특급 에이스의 기준이 될 정도로 위력의 차이가 생긴다.

반응의 차이.

뛰어난 오감을 지닌 인간의 반응 범위는 투구의 속도가 빨라질수록 서서히 줄어들기 시작하는데 150㎞/h를 넘으면 오로지 감각만으로 상대할 수밖에 없다고 한다.

그것은 타자뿐만 아니라 포수도 마찬가지다.

미리 정해진 코스로 던지지 않는다면 150㎞/h가 넘는 직구는 포수가 캐치에 실패할 가능성이 무척 커진다.

임관은 포수를 시작하고 나서 이렇게 빠른 공을 한 번도 받아본 적이 없었다.

더군다나 회전이 얼마나 강렬한지 공에서 느껴지는 무거

움이 다른 투수들의 공과 비교조차 되지 않을 정도 무거웠다.

포수가 손이 아프다는 말을 믿지 않았었다.

선수용으로 만들어진 미트는 정확하게 포구만 된다면 절대 아플 리가 없기 때문이다.

그럼에도 공을 받다가 손이 아프다는 소리가 나온 것은 포구 능력이 떨어지는 아마추어들 입에서 나온 거라 생각했다.

그런데 아프다.

워낙 빠른 직구였기 때문에 정확하게 포구하지 못하고 조금 비틀어서 받았으나 그렇다고 해서 이렇게까지 통증이 생길 줄은 생각하지 못했다.

자신도 충격을 받았지만 타자도 만만치 않게 놀란 모양이었다.

성현경은 공이 미트에 빨려 들어간 이후 한동안 아무런 움직임도 보이지 않다가 한참이 지나서야 타석에서 빠져나갔다가 돌아왔다.

하지만 그의 얼굴은 핼쑥하게 질려 있어 불쌍하게 보일 지경이었다.

심판의 손이 다시 올라가자 강찬은 허리를 숙여 로진백을 던진 후 임관의 외곽 사인에 고개를 끄덕였다.

가슴까지 끌어 올린 왼발이 앞으로 차고 나가며 손을 떠난 공이 포수의 미트를 향해 날아갔다.

성현경은 생각을 바꾸지 못한 듯 여전히 꼼짝하지 못하고 자리를 지켰고 심판의 손이 올라가는 순간 관중석이 술렁거리기 시작했다.

전광판에 찍힌 구속이 153km/h를 나타내고 있었기 때문이었다.

그러나 관중석이 술렁임을 넘어 시장판처럼 왁자지껄하게 변한 것은 성현경을 스탠딩 삼진으로 잡아버린 마지막 공으로 인해서였다.

눈 깜짝할 사이에 포수 미트에 박혀 버린 패스트볼의 속도가 전광판에 나타나는 순간 관중들은 소리를 지르며 한꺼번에 일어섰다.

155km/h.

전광판에 찍힌 숫자는 분명 작년 프로야구 최고 구속으로 기록원에 등재되어 있는 155km/h였다.

제7장
1군 진입

"난리 났군, 난리 났어."

"확실하게 그런 것 같군요."

자조 섞인 음성으로 말하는 김남구 감독을 바라보며 장혁태도 한숨을 내리쉬었다.

이렇게 개판을 쳐 놨으니 강찬을 숨긴다는 건 이제 물 건너간 거나 다름이 없다.

그랬기에 절로 한숨이 나온다.

지금 현재 이글스의 1군은 꼴찌에서 헤매고 있는 중이었다.

그런 결과가 나타난 데에는 여러 가지 원인이 있겠지만 가장 큰 이유는 에이스가 없기 때문이었다.

필요한 경기를 확실하게 잡아줄 수 있는 에이스가 있다는 것은 아무도 그 팀을 함부로 대하지 못한다는 것을 의미하는 것이었다.

이글스가 대책 없이 꼴찌로 밀려난 원인이다.

모든 팀이 에이스가 없는 이글스를 제물로 삼기 위해 총력전을 펼치다 보니 성적은 곤두박질칠 수밖에 없었다.

그랬기에 1군 감독인 오명환은 수시로 2군 투수들을 체크하며 올릴 만한 놈이 없는가를 주시했다.

그러나, 조금이라도 전력에 보탬이 된다면 올릴 수밖에 없는 입장임에도 불구하고 그가 3년 동안 1군으로 데리고 간 투수는 3명뿐이었다.

퓨처스리그에서 날린다고 해도 1군으로 올라가면 퍽퍽 나가떨어지는 게 현실이기 때문이었다.

1군으로 올라갔던 투수들은 퓨처스리그에서 에이스로 활약했던 선수들이 대부분이었으나 상위 리그에 올라간 후 선발은 고사하고 릴리프 역할도 제대로 수행하지 못했다.

지금 이글스의 에이스 역할을 맡고 있는 고동식도 1군으로 올라갔다가 부진을 이유로 다시 내려온 케이스였다.

그만큼 1군과 2군의 수준 차이는 컸다.

김 감독과 장혁태 코치가 한숨을 내리쉰 것은 그러한 수준 차이를 강찬이 단숨에 뒤엎어 버렸기 때문이었다.

7회부터 보여주었던 강찬의 투구 내용은 2군의 수준을 훨씬 뛰어넘는 것이었는데 9회 말에 보여준 불같은 강속구는 프로야구를 통틀어도 단연 최고 수준의 것이었다.

통상적으로 강속구를 지닌 투수들은 변화구가 약하거나 컨트롤이 안 된다는 고질적인 문제를 가지고 있었다.

전력으로 던지기 위해서는 릴리스 포인트를 최대한 빠르고 높게 가져가야 하기 때문에 자연스럽게 제구력이 떨어질 수밖에 없다.

강속구 투수가 뛰어난 제구력을 갖는다는 건 피를 말리는 노력과 천부적인 재질이 있어야 가능하다는 뜻인데 그런 투구를 강찬이 하고 있으니 소름이 끼쳐 왔다.

불같은 강속구에 완벽한 제구력, 패스트볼을 뒷받침하는 위력적인 변화구의 장착.

1군의 수준이 높다고 하지만 지금 보여주고 있는 투구라면 누구도 손쉽게 배트를 휘두르지 못한다는 데 전 재산을 걸 정도로 강찬의 구위는 무서울 정도로 강력했다.

강찬의 투구를 보면서 내심 기쁨과 기대감으로 가슴이 설레 잠시도 가만있지 못한 것이 아득해졌다.

놈이 이 정도로만 던져 주면 퓨처스리그에서 우승도 가능하다는 생각을 하며 놀라움 속에서도 웃음을 멈추지 못했는데 이런 결과가 벌어지자 암담함이 몰려왔다.

물론 한 경기에 불과했으니 당장 강찬을 내놓으라고 하지는 않을 것이다. 하지만 이런 경기를 몇 게임 더하게 된다면 결과는 불을 보듯 뻔했다.

2군은 1군에 피를 수혈하려고 만들어진 집단이었으니 필요하다면 언제든지 보내줘야 하는 입장이기 때문에 거부조차 할 수가 없다.

그럼에도 억울했다. 강찬을 뽑은 것은 자신이었고 놈을 조련한 것은 2군에 있는 코치진이었다.

이제 겨우 써먹으려고 했는데 뺏긴다고 생각하자 너무 억울해서 코에서 더운 김이 무럭무럭 새어 나왔다.

"장 코치, 어떻게 생각하냐?"

"뭘요?"

"저놈 말이야."

"당분간이라도 버팁시다."

"버텨질까?"

"이제 겨우 한 번이잖습니까. 아직 햇병아리를 무조건 달라고 하지는 않을 겁니다. 달라고 해도 할 말이 있으니까 버틸 수 있습니다."

"할 말?"

"제구력이 안 좋다고 우겨야죠. 컨트롤을 잡기 위해 당분간 특훈을 계속해야 된다고 우기면 대충은 통할 겁니다."

"이렇게 많은 사람이 봤는데?"

"2부 리그 게임에 언론사 오는 거 보셨어요? 더군다나 여긴 자이언츠 홈인 경산 아닙니까. 대전까지 넘어가기엔 시간이 한참 걸릴 겁니다."

"그러다 걸리면 네가 책임질래?"

"그러죠, 뭐. 어차피 마누라밖에 없으니까 감독님보다는 제가 짤리는 게 낫겠네요."

그냥 하는 소리가 아니다. 장혁태는 김남구를 위해서라면 진짜 그렇게라도 할 사람이었다. 결혼한 지 15년이 넘었는데도 무슨 팔자가 그런지 아이가 생기지 않았다.

더군다나 마누라는 안정적인 수입이 보장된 초등학교 선생님이었기 때문에 장혁태는 당당하게 말해놓고 김 감독을 빤히 쳐다봤다.

그 얼굴이 너무 편안하게 보여서 김남구 감독의 얼굴이 스르륵 일그러졌다. 농담으로 한 말을 가지고 저렇게 싸가지 없이 나오자 입맛이 썼다.

"내가 너하고 무슨 말을 하겠냐. 됐고, 저놈 어떻게 된 영문인지 그거나 알아봐. 구단에서 뭐라고 하면 내가 알아서 할 테니까."

시선으로 들어온 그라운드에서는 야수들이 강찬을 둘러싼

채 열광적으로 축하해 주는 중이었다.

그 속에 섞여 어색한 웃음을 짓고 있는 강찬의 얼굴은 밝게 빛나고 있었다.

"어떻게 된 거냐?"

"어깨의 근육이 7회부터 풀렸습니다."

"풀렸다는 게 무슨 말이야?"

"어깨를 다친 후 치료는 했지만 그동안 근육이 완전하지 않았습니다. 그래서 직구의 구속이 올라오지 못했던 것이고요. 그런데……."

무섭게 얼굴을 굳히고 있는 장혁태를 향해 강찬이 작은 목소리로 이야기를 시작했다.

시합이 끝나고 흥분이 가라앉기도 전에 강찬을 끌어내서 심문을 하던 장 코치는 이야기를 들으면서 너무 허황되고 어이가 없어 입만 벌린 채 듣기만 했다.

42년을 살아오면서 별일을 다 봤고 수많은 경험을 해봤지만 이런 이야기는 처음 듣는다.

산에서만 산다는 스님 때문에 스스로 목숨 끊는 걸 방해받았다는 이야기는 삼류 소설에도 가끔가다 나오는 이야기니까 그렇다고 쳐도 걸레처럼 변해 버린 어깨를 고쳤다는 활명술은 도저히 믿으려야 믿을 수 없는 일이었다.

지금이 어떤 시댄데 그런 개떡 같은 소리를 한단 말인가.

그럼에도 장혁태는 아무 말도 하지 않고 묵묵히 강찬의 말을 끝까지 들었다.

강찬의 목소리는 진중했고 메말라서 거짓말을 한다고는 전혀 생각되지 않았다.

마치 한 편의 무협 소설을 읽은 느낌이다. 고난을 겪고 난 후 기연을 얻어 다시 세상에 나온 주인공의 이야기.

한동안 아무 말도 하지 않았다.

그렇지 않아도 너무 궁금한 이야기였는데 이런 식으로 결론이 날 줄은 꿈에도 생각지 못했다.

강찬은 자신의 이야기를 끝마친 후 마지막에 이런 부탁까지 덧붙여 그를 곤혹스럽게 만들었다.

"코치님, 이 이야기는 코치님에게 처음 하는 것입니다. 은혜를 입은 분께 거짓말을 하고 싶지 않았기 때문에 어쩔 수 없이 솔직하게 말씀드렸지만 걱정이 되는 것도 사실입니다. 저는 이 이야기가 퍼져 나가 혜원 스님이 곤란해지는 걸 원하지 않습니다."

"걱정 마라. 말해도 믿지 않겠지만 내 입으로는 절대 퍼뜨리지 않겠다."

잠깐 보고할 내용이 걱정되었지만 장혁태 코치는 간절한 강찬의 눈을 확인하고 슬그머니 입술을 깨물었다.

자신의 비밀을 어렵게 풀어놓은 강찬의 눈은 불안감으로

잘게 떨리고 있었다.

은인이 저로 인해 불편해질까 봐 걱정하는 강찬의 마음을 확인했으니 약속을 해줘야 했다.

남들이 못 믿을 이야기도 자신이나 공신력 있는 사람들의 입에서 새어 나가게 되면 사실이 되어 세상에 떠돌게 된다.

그리되면 강찬이 말한 혜원 스님은 청정한 수련을 하다가 날벼락을 맞고 편안한 삶을 깨야 될지도 몰랐다.

그렇게 하지는 않는다. 지금까지 살아오면서 남에게 피해를 주지 않기 위해 노력해 왔으니 이번에도 그렇게 할 것이다.

자신을 믿고 모든 것을 말해준 강찬의 이야기가 지금도 믿기지 않았지만 그는 묵묵히 고개를 끄덕여 주고 자리에서 일어났다.

오늘 하루는 정말 지랄같이 길다.

장혁태의 예상과 달리 난리가 난 것은 불과 하루도 지나지 않아서였다.

나름대로 코치진과 입을 맞추고 구단 누구에게도 말을 꺼내지 않았는데 경기를 관람했던 관중들에 의해서 SNS를 통해 슬금슬금 퍼져 나가기 시작한 사진들이 저녁 무렵부터 포털 사이트에 등재되며 무섭게 퍼져 나갔던 것이다.

하여간 정말 빠르다. 어떻게 하루도 지나지 않아서 전 국민이 알 정도로 난리가 난단 말인가.

뒤늦게 포털 사이트에 들어가 본 김남구 감독은 입을 떠억 벌린 채 다물지 못했다.

나름대로 비밀을 지켜보자던 그의 계획은 블로그에 올라온 경기 관람평을 보면서 완전히 박살 나고 말았다.

주인이 누군지도 모르는 블로그에는 강찬의 활약상이 고스란히 담겨 있었는데 올려놓은 사진들 속에는 9회 말에 강찬이 던진 패스트볼의 구속이 일목요연하게 배치되어 있었다.

핸드폰으로 찍은 게 분명했다.

요새는 핸드폰에 줌 기능까지 있다더니 전광판을 당겨서 찍은 사진은 숫자가 명확하게 나타났는데 구속이 전부 150㎞/h를 넘었다.

"아, 이런. 씨발."

저절로 입에서 욕이 터져 나왔다. 이 정도로 일이 커졌다면 당장에라도 누군가에게 전화가 올 게 뻔했다.

아니나 다를까, 품속에 있던 휴대폰이 살려달라는 듯 발버둥을 치면서 울기 시작했다.

받고 싶지 않았지만 받을 수밖에 없었다. 안 받고 버틴다면 일은 훨씬 커질 수밖에 없다는 걸 너무나 잘 안다.

무조건 버틸 생각이다. 당초의 계획대로 밀고 나가야 자신도 살고 코치진도 산다.

액정 화면에 뜬 것은 구단주였으니 더욱 버텨야 한다.

어떤 일은 화가 복이 되어 운명을 바꿔주기도 하는데 강찬을 길러낸 그에게는 이번 일이 그런 케이스가 될지도 몰랐다.

"구단주님, 안녕하십니까. 김 감독입니다."

—김 감독, 잘 지내지?

"그럼요. 별일 있겠습니까. 야구 열심히 하면서 잘 지내고 있습니다."

—지금 3등이던데 치고 올라갈 수 있겠어?

역시 능구렁이다.

하고 싶은 이야기는 다른 쪽에 있는데 자꾸 상관없는 허벅지만 긁고 있다.

그렇다고 해서 자신이 먼저 이실직고할 생각은 추호도 없었다.

어차피 오리발을 내밀기로 작정했으니 갈 때까지 가볼 생각이었다.

"점점 좋아질 겁니다. 2연승했으니까 상무하고는 2게임밖에 차이가 없습니다. 기왕 이렇게 된 거 상무 잡고 자이언츠도 잡아볼까 합니다."

—껄껄… 그래야지. 그런데 김 감독, 오늘 대형 사고 쳤더군?

"대형 사고라뇨?"

—포털 안 봤어? 난리 났는데.

"아, 이강찬 말씀하시는 거군요. 요즘 팬들은 무서워요. 저렇게 금방금방 올려대니 난처할 때가 한두 번이 아닙니다."

—왜 난처한데?

"사실이 아닌 걸 그럴듯하게 포장해서 올리니까 사람들은 쉽게 믿거든요. 한번 써 갈기면 아무리 아니라고 해도 믿지를 않습니다."

—그럼 경산에서 벌어진 게 사실이 아니란 뜻이야?

"구속은 사실입니다. 문제는 이강찬이 SNS에서 말하는 것처럼 엄청난 투수가 아니라는 거죠. 이강찬은 오늘 처음 선발로 나온 놈입니다. 공은 무척 빠른데 아직 컨트롤 능력이 떨어져서 특별훈련을 시키고 있는 중입니다."

—그래도 대단하잖아. 155㎞/h를 던진다는 건 어깨가 엄청 좋다는 거 아니겠어? 그리고 오늘 완봉승했다며?

"운이 좋았던 거죠. 155㎞/h를 던진 건 딱 한 번이었고 평균 구속은 150㎞/h도 안 됩니다. 구단주님도 잘 아시잖아요. 속구를 던지는 놈들이 제구력은 엉망이란 거. 이강찬은 아직도 다듬을 데가 많은 놈입니다."

—정말이야?

"제가 왜 거짓말을 하겠습니까."

—알았어. 무슨 얘긴지.

"조금만 기다려 주십시오. 제가 멋지게 키워서 에이스로 만들어 보겠습니다."

—요즘 구단 사정이 죽을 지경이야. 나 이러다 잘릴지도 모른다.

"마음고생이 크실 것 같습니다."

—그러니까 김 감독이 애들 좀 잘 키워줘. 이러다가 회장님이 구단 해체하자고 그러시면 다 죽는다고.

"알겠습니다, 열심히 하겠습니다."

통화를 끝내고 전화기를 내려놓은 김 감독이 깊게 한숨을 내리쉬었다.

구단주의 전화를 받았으니 이제부터는 각종 언론과 야구계에 종사하는 지인들의 전화가 줄지어 이어질 것이다.

문제는 1군 감독인 오명환이었다.

오명환 감독은 자신보다 10살이나 연장자였고 야구의 경력도 그 정도 많은 사람이다. 자신이 능구렁이라면 그는 산전수전 공중전까지 치른 초원의 늑대다.

『퍼펙트게임』 3권에 계속…